Jun & Kai
「水竜王を飼いならせ」

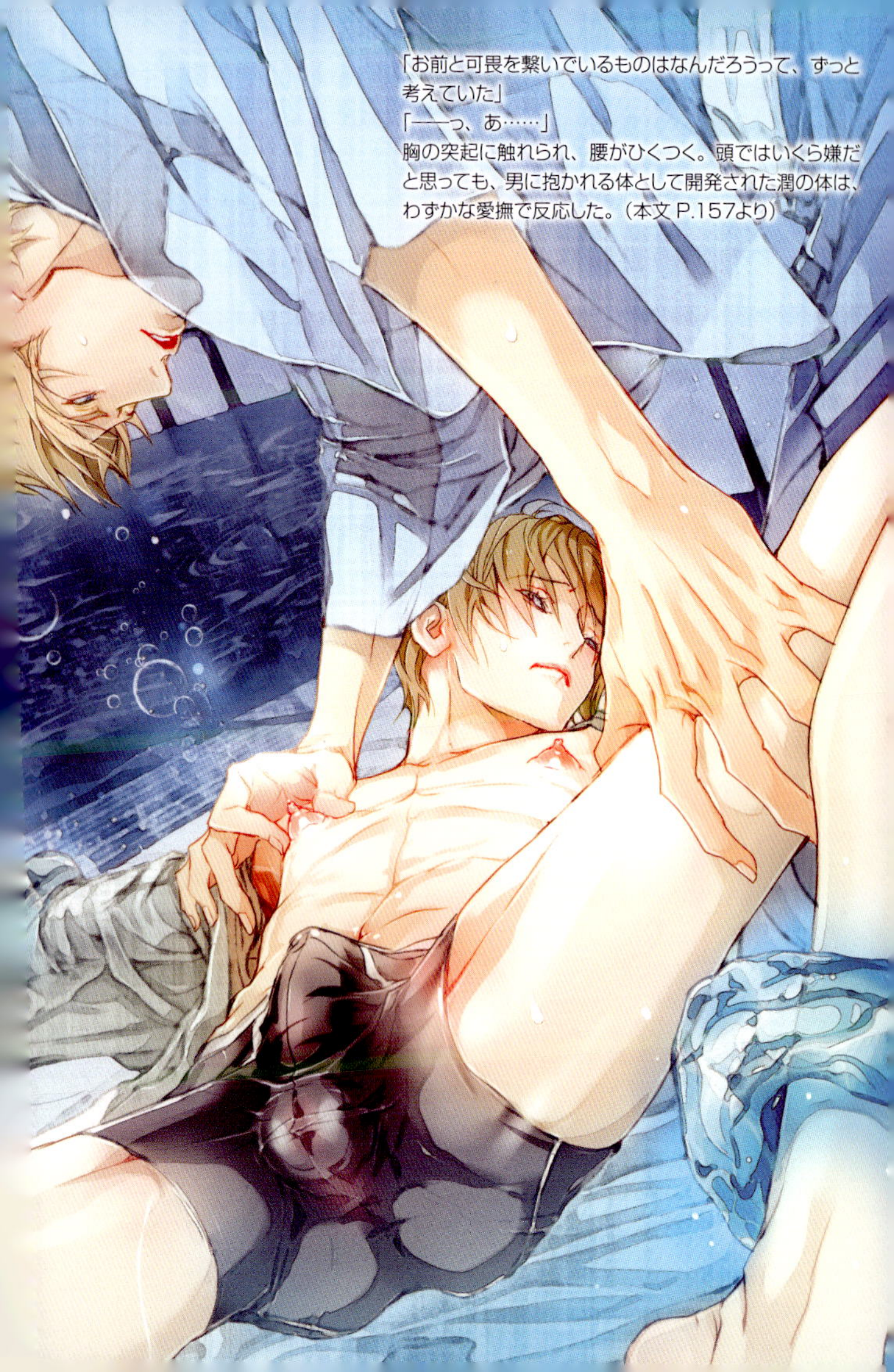

「お前と可畏を繋いでいるものはなんだろうって、ずっと考えていた」
「──っ、あ……」
胸の突起に触れられ、腰がひくつく。頭ではいくら嫌だと思っても、男に抱かれる体として開発された潤の体は、わずかな愛撫で反応した。（本文 P.157より）

水竜王を飼いならせ

暴君竜を飼いならせ3

犬飼のの

キャラ文庫

この作品はフィクションです。
実在の人物・団体・事件などにはいっさい関係ありません。

目次

口絵・本文イラスト／笠井あゆみ

——もしも永遠の若さを得られたら、いや……永遠までいかなくてもいい。一時でも若返ることができれば、少々枯れた僕でも再びベストシーズンを迎えられるかもしれない。若い雌に種付けするに相応《ふさわ》しい肉体……それを手に入れたら、可畏《かい》のような強い子供をもう一人持てる可能性も出てくる。何より、雄として自信がつくのは間違いないはずだ。

竜人研究の第一人者であるクリスチャン・ドレイクは、仮眠の最中まで研究について考えていた。体を横たえてはいるものの、頭を休める時間が惜しい。

極秘に入手した最新のマテリアルを使って、どうにか若返り、自分を慕う若い雌の気持ちに応えられないものかと思い悩んでいる。

人間の書物を読む限りでは、いくつになっても恋はできるらしいが、竜人には交配に適したベストシーズンというものがある。可能なら、胤《たね》だけでも若い頃に戻りたい。

可愛い姫に、強く立派な子を授けてやるにはそれしか手がないのだ。

愛息にマッドサイエンティストと罵《ののし》られながらも、実のところ竜人界全体への貢献度が高いクリスチャンだが、今回の研究は私欲と私情が大きく絡んでいた。

「——ッ……」

深夜、突如警報が鳴り響く。

白衣姿で仮眠室にいたクリスチャンは、弾けるように飛び起きた。

ここは恐竜の遺伝子を持つ竜人達の島、ガーディアン・アイランド。

ハワイ諸島の最北端よりさらに北に位置する島の中心部には、クリスチャンが管理する研究所がある。

警報は数種類用意されていて、今鳴っているのは侵入異常を知らせるものではなかった。

外部からの不正アクセスとも違う。研究所内部で、未登録の記憶媒体にデータをコピーした際に鳴る警報だ。

研究員の単純なミスか、それとも故意か——その判断をつけ、後者ならば食い止めて制裁を加えるために、クリスチャンは破壊しそうな勢いで研究所の扉を開ける。

——いったい誰が……！

超進化したティラノサウルス・レックスの遺伝子を活用し、優れた動体視力で瞬時に状況を把握するクリスチャンだったが、そこに犯人らしき者の姿はなかった。

レア恐竜の繁殖のための実験用水槽が並ぶばかりで、気配すら感じられない。

竜人なら必ず背負っているはずの、恐竜の影も見えなかった。

あちこち歩き回って確認してみても、やはり誰もいない。

研究に手を出す不届きな輩がいれば、生体実験の被検体として有効的に粛清する気でいたが、捜せば捜すほど意気込みが空回りする。

——ん？　海水プールの水面が揺れてるな……気泡も多い。

ようやく一つの異変を見つけたクリスチャンは、意図的に視力を高める。

無数にある水槽の間から、最奥の海水プールを睨《にら》み据えた。

水面が明らかに乱れていたが、床に水滴が落ちているわけではない。

そういった矛盾があるからこそ余計に、侵入者の正体が見えてくる。

——こんなことができる奴は、そうそういない。

犯人はおそらく、海を介してやって来た『レア物』だろう。

侵入異常警報が鳴らなかったのも合点がいく。

——もっとセキュリティを強化しないとまずいな。それにしても……配管を利用して人型で侵入することはできるとして……複数あるパスワードをどうやって解除したんだ？　一つでも間違えたらデータにアクセスできないはずだ。そもそも何を盗んだ？

クリスチャンは立ったままキーボードを叩《たた》き、サブコンピューターから侵入者が持ち去ったデータを確認する。

盗まれたのは、現在最も価値があると思われるキメラ恐竜に関する研究データか、それとも竜人界のパワーバランスを左右する大型肉食恐竜の繁殖計画や、新たに見つけたマテリアルによる実験データだろうか。或いは絶滅危惧種《きぐしゅ》の保護計画や、各種恐竜の特殊能力に関する極秘データが狙われたとも考えられる——。

「これは……」

険相を浮かべたクリスチャンの目に飛び込んできたのは、あまりにも意外な動画ファイルの一覧だった。

研究とは直接関係のない動画の数々が画面に並び、不正コピーを示す警告が点滅している。

何故こんなものを盗むのか理解できないクリスチャンだったが、ひとまず眉を開いた。

貴重な研究データを盗まれるのも、『レア物』に制裁を加えるのも愉快ではない。

「可畏に連絡を……」

警告だらけの画面を埋め尽くす愛息――竜嵜《りゅうざき》可畏と、その恋人の沢木《さわき》潤《じゅん》の映像を眺めつつ、クリスチャンは口角を持ち上げる。

「しなくていいか」

何が起きるかわからないながらも、なんだか面白いことになりそうな予感がしていた。

《一》

旅行と呼ぶにはハードで短かったハワイ旅行から先、潤の日常は少し変わった。

以前は可畏と別々の食堂で摂っていた朝食を自室で一緒に摂る機会が増え、今朝も早くからキッチンに立っている。

まだエプロンはつけておらず、ガウン姿で袖まくりという恰好《かっこう》だった。

潤がラクト・ベジタリアンで、生き物の命にかかわる物が苦手なのに対し、ルームメイトで恋人の可畏は、超進化型ティラノサウルス・レックスの遺伝子を持つ竜人だ。

無論肉食なので食の好みが合わないが、可畏は肉の他に野菜の栄養素も必要としているため、生餌《いきえ》として囲う草食竜人の血液に加えて、潤が作った朝食も摂っていた。

——アボカドのディップとクラッカーの組み合わせが続いたし、今日は寒そうだからスープパスタにしようかな。レトルトの枝豆クリームソースにディップの残りのアボカドペーストを足して黒胡椒《こしょう》をガッツリ振って、あとはカボチャとヨーグルトのサラダと……チョコレートと大豆のマフィン。赤みが足りないから、飲み物はトマトとパプリカのジュースにしよう。

冷蔵庫の中身を思い描いた潤は、両手を丁寧に洗う。

ベジタリアン御用達の専門店から、レトルト食品や冷凍食品を可畏が取り寄せてくれるので、調理時間は短くて済んだ。

すでにある食品を温めて何かをプラスしたり、野菜を切ったり茹《ゆ》でたりする程度で、朝食の支度にかかる時間は合計十五分ほどだ。

ただし一気に作るわけではない。先に準備だけしておいて、実際に作るのは可畏を起こしてからにしている。

寝起きの悪い可畏を起こすには慎重さが必要になるため、潤は寝室で寝ている可畏に聞こえないよう、静かに準備を進めた。

そうしながら卓上時計を見ると、今日の日付に目が止まる。

十二月十四日――恐竜人が集う全寮制一貫教育校、竜泉《りゅうせん》学院中高部の生徒会長、竜嵜可畏と共にハワイから帰国して、一週間が経っていた。

可畏の父親、クリスチャン・ドレイクや、キメラ竜人のリアムによって乱された日常を取り戻した潤は、今のところ穏やかな日々を送っている。

帰国してから一週間の間に、リニューアルされたばかりの学院内の映画館に行ったり、再び日本にやって来たリアムと共に昼食を楽しみ、事実上、可畏がリアムを許して和解したことに胸を撫《な》で下ろしたりと、糖度も密度も高い日々だった。

——朝食の支度はとりあえずここまでにして、可畏を起こさないと……。

さすがにもう慣れたとはいえ、自分がこれからすることを考えると少し照れる。

寝起きの機嫌が頗《すこぶ》る悪い可畏のために、潤は朝から一仕事しなければならなかった。

粘膜に刺激の少ない歯磨き粉を使って歯を磨いて、彼の朝勃《だ》ちのペニスをしゃぶるのが潤の日課になっている。

今年の九月一日に交通事故という形で可畏と出会い、凌辱《りょうじょく》され、脅されて無理やり転校させられた挙げ句に、「俺のルームメイトになった以上、朝勃ちを処理しながら起こすのがお前の役目だ。毎朝俺より早く起きて、最高の目覚めを約束しろ」といわれた時はブチキレたが、今ではそれが日常の一部になり、嫌悪感はなくなっていた。

ただ単に慣れたというだけではなく、自分の手淫や口淫によって可畏のペニスが硬くなり、彼が心地好く目覚め、「おはよう」と口にする瞬間、苦労が報われた喜びと、暴君竜を飼いならした優越に浸れるからだ。

そして何より、照れているのを隠した顔で朝の挨拶をする可畏を、やっぱり好きだと思える瞬間でもある。

最初の頃は、コイツは人間の姿をした恐竜なんだから我慢しなきゃと、種族の違いを念頭に置いて、ありとあらゆる怒りや不満を抑えていたものだった。

——今日は日曜だし、デートだし、絶対機嫌を損ねないようにしないと。

まくっていたガウンの袖を戻した潤は、可畏と昨日交わした言葉を思い返す。

この部屋に大勢集まって昼食を摂り、リアムや生餌のユキナリ達が各々の部屋に戻ったあと、「明日、二人で水族館に行くぞ」と誘われて、「行く！」と即答した。

川崎《かわさき》に大きな水族館がオープンすることになり、今日はプレオープン初日らしい。

竜嵜グループはスポンサー企業の一つなので、可畏はプレミアチケットを持っているというわけだ。

「——あ……！」

寝室に戻るつもりでキッチンを出た潤は、カシャーンと響く破壊音に耳を打たれる。

さほど悪い音ではなかったが、さらに同じ音が続いて重なり、たちまち騒音になった。

驚いて音のする方を見ると、窓の外にあるジャグジーでヴェロキラプトル竜人の辻《つじ》と佐木《さき》が真っ青な顔をしている。

実際に顔色まで見えるわけではないが、そういう顔つきだった。

どうやら可畏の入浴と朝食（草食竜人九人分の血液摂取）の支度をしている最中に、九個のシャンパングラスをすべて落として割ってしまったらしい。

——う、わ……これは、まずいんじゃ……。

潤の顔からも、一瞬にして血の気が引く。

可畏は目覚ましのアラーム音を受け入れず、囁《ささや》くように起こされることすら嫌う。

聴覚が優れているだけに、今の破壊音は相当に大きく、不快に聞こえたことだろう。

「可畏……っ」

潤が寝室に飛び込んだ時、可畏は天蓋付きベッドの上で身を起こしていた。

その姿に焦った潤は、すぐに彼を慰めようとする。

今からでも駆け寄ってキスをして、朝勃ちを撫で擦って、しゃぶって……できる限り気合を入れて頑張るから、いつもの朝と同じように機嫌よく一日を迎えてほしい。

可畏自身のためでもあるが、何より彼の取り巻きのために軌道修正したかった。

「可畏、お……おはよう。ごめん、俺がもたもたしてて起こすの遅れたから」

「――退《ど》け」

鋼のような筋肉を纏い、浅黒い肌に覆われた一九〇センチの巨体が、窓へと向かっていく。

潤は小走りで近づいて可畏の肘に触れるものの、力を入れて止めることはできなかった。

目に見えない圧を感じ、「退け」という言葉に従いそうになる。

「可畏様、申し訳ございません！」

開かれた窓の向こうで、辻と佐木が深々と頭を下げた。

背負う恐竜の影は超進化により大型化したヴェロキラプトルだが、人としての姿は、可畏や潤と同じ高校三年生だ。竜泉の制服を着ていて、当然ながら、鋭い牙も爪も硬い表皮も持っていない。

怪我をしても、大きな欠損がない限り元通りに治せるだけの力はあるが、殴られれば傷つき、首を絞められれば窒息し、血を流したり痛みに悶《もだ》えたりする体だ。

「可畏……頼むからあまり怒らないでくれ。外は寒いし、ベッドに戻ろう……っ、今日は俺とデートするんだろ？　水族館に行くんだよな」

ガウン姿で外に出た可畏をどうにか止めようと奮起した潤は、彼の肘から手を離すなり行く手に回る。

可畏が自分にだけは手を上げなくなったことを確信しているため、暴虐を阻止するにはその愛情に頼るしかなかった。しかし再び「退け」といわれ、横に押し退けられてしまう。

「可畏……！」

潤はよろける程度だったが、辻や佐木はそんなものでは済まなかった。

十二月の朝は寒く、それでいて清浄な朝陽がきらきらと輝き、空の色にも雲の色にも一点の穢《けが》れもないというのに——次の瞬間には血が飛び散り、骨が砕ける音が響き渡る。

押し殺した悲鳴も重なった。

辻も佐木も抵抗は一切見せず、シャンパングラスの破片の上に叩きつけられようと、顔中が血に染まろうと、苦痛の声しか漏らさない。

「やめてくれ……っ、可畏！」

声を張り上げるのも止めるのも潤だけだった。

しかし本能的な怒りの衝動に突き動かされている可畏にとって、潤の制止は存在しないかの如く無力だ。肘を摑《つか》んでも背中を叩いても止めることはできず、いつしか潤のガウンまで返り血に染まっていた。

――なんで、こうなっちゃうんだろう。

凄惨《せいさん》な光景から目を背けた潤は、ガウンの裾を握る。

これは可畏が用意してくれた物で、今は所々真っ赤だが、本来は生成りだった。

動物の感情を読み取る能力を持つ潤にとって、革製品や毛皮は耐え難く、シルクさえあまり好きではなくて……可畏はそんな潤を気遣い、車のシートを人工皮革スエードに張り替えたりオーガニックコットンのシーツやガウンを用意してくれたりと、人間らしい思いやりを見せてくれている。けれども、それを血に染めていたら意味がない。

「可畏……」

見るに耐えない暴力が終わっても、潤の胸は痛み続けていた。

今はこれで終わり、辻や佐木の怪我はしばらくすれば治るが、次にまた誰かが失態を犯せば同じことが起きるだろう。

暴君竜を飼いならしたと思ったのは、結局のところ気のせいだったのかもしれない。

可畏は確かに変わったが、変わらない部分もある。恐竜は恐竜、暴君は暴君であり、人間と恋をしたところで本質的には変わっていないのだと思い知るのはつらかった。

「破片を片づけろ。潤に怪我でもさせたらミンチにしてやる」

可畏はあとからやって来たヴェロキラプトル竜人の二人——谷口《たにぐち》と林田《はやしだ》に命じると、足元に転がっていた佐木の腹を蹴った。

「可畏！」

グフッと鈍い音を立て、佐木が血の泡を吐く。

あまりの痛々しさに潤が顔を背ける中、谷口らは二つ返事で掃除を始めた。

——久しぶりだけど、やっぱりこういうことは続いていくんだ。

可畏は最後まで暴力的だったが、今の言葉を口にした時点で悔恨の念が感じられた。

いまさら彼に何をいえばいいのか、潤はわからなくなる。

お前は酷い、お前のやってることは最低だと怒鳴って冷たく接し、より反省を促す選択肢はあるものの、冷静にさえなれば、可畏にも後悔や罪悪感といったものが生じるはずなのだ。

引っ込みがつかずに蹴りを入れただけで、本当は「しまったな」と思っている。

少なくとも、「潤に見せるべきではなかった」とは思っているだろう。

何をしたら嫌われるか、好かれるために、幸せな時間を過ごすために、自分はどう振る舞うべきなのか、わかっているのに止められないのは暴君竜としての可畏の本能であって——人の形であることを無視して考えれば、ティラノサウルス・レックスが草食恐竜を食い殺すことも、不快なことをした小型肉食恐竜に襲いかかることもなんら不思議なことではない。

もしも自分が可愛《かわい》がっている猫が、ネズミや小鳥や金魚を襲ったからといって、猫に幻滅し、愛情を失うのは間違いだ。それは潤もよくわかっている。

――だけど高い知性があるから……期待する。理性も感情もあるし、何より人の姿だし……だからどうしても俺は、こういうことについて行けないと思ってしまう。

己を慕う部下を痛めつける可畏の姿を見ることで、愛情は薄れ、愛されている自信も悦びも枯れていく。止めることができない自分が、酷く小さな存在に思えた。

「今朝は内風呂を使うぞ」

「……うん」

ああ、やっぱり後悔している顔だ――そう感じると、責めるに責められなかった。

何もわかっていないなら、怒鳴り散らすことも人間的感覚を教え込むこともできるけれど、すでに反省している可畏を鞭《むち》打つのは難しい。

自分がそうしてしまったら、反省が深まるのではなく傷がつく。

「なんか、ちょっとくらくらする。俺、血が苦手だから」

潤は可畏を直接責めはしなかったが、自分の今の状態を正直に訴えた。

可畏の中に、「潤が嫌がることをしてしまった。キレないよう気をつけよう」という意識がより強く植えつけられ、次に同じことがあった時に彼の自制心を支えてくれることを願う。

「部屋で休んでろ。出かけるのは中止にするか？」

「少し様子見てから考える。水族館、せっかくだから行きたいし」

潤は俯《うつむ》いたまま答え、可畏と目を合わせなかった。

人間であるこちらの気持ちを察してほしい。感じ取って、自分の意思で改善してほしい――

そう願いながら部屋に戻り、ふらつく体でベッドに向かう。

血塗《まみ》れのガウンを脱いで、昨夜湯上がりに使ったバスローブに着替えた。

その動作の最中、血の臭いが鼻を掠《かす》める。つい先程まで人の体内に流れていた物だ。

――ヴェロキラプトルの血……でも恐竜の物じゃない。辻さんや佐木さんの血だ……。

薄いグラスの破片に皮膚を裂かれる痛みを想像すると、体が小刻みに震える。

横たわっても心臓が激しく打ち、痛々しい呻《うめ》き声が頭から離れなかった。


「――可畏様がヴェロキラをボコボコにしたって聞いて、一号さん大丈夫かなって思ってたらやっぱり凹んでる」

今日は内風呂を使うことになったため、生餌の九人がぞろぞろと部屋に入ってきた。

そのうち七人はバスルームに向かい、二号と三号だけがベッドの横で仁王立ちになる。

二号と呼ばれているユキナリは、生餌の中でも特に愛らしい美少年で、さらりとした茶髪と白い肌、薔薇《ばら》色の頬の持ち主だ。同い年だが、そうは見えないほど幼げに見える。

「可畏様の入浴のお手伝いをしたいのに、一号さんについてろっていわれちゃった」

ユキナリは唇を尖《とが》らせ、「一号さんが不機嫌だと可畏様も不機嫌になっちゃうんだから、早く機嫌直してよね」と文句をいう。

「ま、そうはいっても殴られる覚悟はできてるけど」

「そうそう、最近こういうことがあまりなかったから、ちょっと不安な感じだったし」

「ストレス解消に殴られるのも僕達の役目だから、存在意義的にねぇ。痛いのはしんどいけど、どうせちょっと我慢すれば治る体だし。だいたいさ、暴君竜と付き合うならこのくらいのこと割りきらなくちゃ。一号さんは覚悟なさ過ぎ」

「――覚悟？」

「そう、覚悟。そりゃ可畏様は一号さんに出会って変わったし、以前みたいに一号さんに手を上げなくなってベッドの中でも優しいんだろうけど、獰猛《どうもう》なT・レックスだってこと忘れちゃ駄目だよ。可畏様の背後の影、ちゃんと見えてるんでしょ？」

「……見えてる」

横向きにベッドに伏せた状態で、潤はユキナリと三号の背後に浮かぶ影を見た。

交通事故で死にかけた際に可畏の血を大量に輸血された潤は、生来持っていた動物の感情を読み取る能力に加えて、類稀《たぐいまれ》な治癒能力を得て、さらには、竜人が背負う恐竜の影を目視する能力まで持ち合わせている。

ユキナリの背には、超進化によって肉食恐竜とは正反対に小型化したコリトサウルスの影が見て取れた。

三号の背にも、やはり小型化したランベオサウルスの影が見える。

可畏が背負う巨大化したティラノサウルス・レックスの影とは比べようもないサイズだが、通常は薄らと見える辺りは同じだ。

視線を逸らさずに集中すれば立体感が増し、色や質感などのディテールも捉えられるようになるものの、潤の目は影を無視するくせがついていた。日常生活を送るうえで恐竜の影を見る必要はなく、むしろ邪魔になるからだ。

「竜人の学校とはいえ、皆それなりに人間ぽいところはあって……案外普通じゃんとか、思うこともあるんだ。そういう瞬間がどんどん増えてたから、さっきのはちょっと応えた」

「人間ぽいところだってそりゃあるよ。だって完全に恐竜ってわけじゃないもん」

「うん」

「だけどやっぱり違うの。人間は人を殺しちゃいけないって思うものでしょ？　警察に捕まるとか捕まらないとか以前に、それはいけないことって認識があるでしょ。それに大半の人間は、自分が大動物の餌になって死ぬなんてことは考えてないよね？」

「――うん」

「肉食竜人は、チャンスがあれば人間を殺して食べたいなって思ってるものだし、それが悪いことだなんて思わない。上手くやらなきゃなって考えてるだけ。そして僕達草食竜人は、物心ついた時から自分は餌なんだって自覚がある。殺されないためには餌以上に価値のある存在になるしかないの。味のいい生餌だったり性奴だったり、サンドバッグだったり、色々ね」

「……サンドバッグ……」

「ペットと似たようなものだよ。食用にされずに老衰で死ねるのは、見た目のいい生き物や、珍しい生き物ばっかりでしょ？　人間は、その他大勢の鶏を平気で食べるくせに、希少な鳥は守ろうとする。哺乳類でさえ、ドッグフードにされちゃう馬もいれば、何億円もの値がついて生涯大事にされるサラブレッドもいる」

「人間だって残酷なんだよ。一号さんはベジタリアンだし、革製品すら避けてるくらいだから一般的な人間よりはずっと優しく生きてるだろうけど……でも、牛に気を遣うほど蟻《あり》には気を遣わないでしょ。潰さないよう、常に足元に気をつけて歩いてるわけじゃない。同じ命なのに差別してるよね」

ユキナリと三号に畳みかけるようにいわれた潤は、ベッドから身を起こす。

本革を避けて合皮の靴を履いている自分が、その靴の裏で、知らず知らずのうちに蟻を踏み潰す様を想像してしまった。

「可畏様は何も悪くないの。ヴェロキラも嫌がってないしね。だからあんまり人間の価値観を持ち込まないで。ここは竜人の学校。合わせるべきは一号さんの方なんだよ」

朱に交われば赤くなる——可畏は可畏なりに精いっぱい変化しているのだ。

自分もまた、可畏の影響を受けて変わるべきなのかもしれない。

竜人社会で常識とされていることにいちいち噛《か》みつかず、彼らの中で正当とされる行為を、黙って見過ごせるようになればいい。

最初は気になっていた恐竜の影が、いつしか目に留まらなくなったように、竜人同士の暴力沙汰《ざた》も割りきって考えられるようになればいいのだ。

「あ、可畏様。ご入浴お疲れ様でございます」

「ご命令通り、一号さんを見守っていました」

「僕達が励ましたので、もうすっかり元気ですよ」

いつもより早く入浴を終えた可畏が戻ってくると、ユキナリと三号は平然と嘘をつく。

可畏がそれを真に受けるとは思えなかったが、潤は彼らの嘘に乗ることにした。

何よりも今は、血臭に染まった空気をリセットしたい気持ちが強い。

「潤、大丈夫か?」

「うん、もう平気。水族館にも行けそうだし、軽くシャワー浴びてくる」

「そうか」

可畏は謝罪こそしなかったが、髪に手を伸ばして触れてきた。

さらりとした潤の髪を指で梳くと、生餌達に「下がれ」と命じる。

ユキナリと三号、そしてバスルームの前でシャンパングラスや注射器を手に控えていた他の七人が、恭《うやうや》しく頭を下げた。命令に従って速やかに去っていく。

「顔色が悪いな。無理してんじゃねえか？」

「そう？　自分では顔色とかわかんないけど、中止はやだな」

潤が笑うと、可畏は逆に眉を寄せて俯いた。

はっきりと言葉にできないだけで、謝りたい心持ちでいるのが伝わってくる。

何かいうだろうか、いわれたらどう答えようか――笑みを湛えたまま考えていた潤の前で、可畏が唇を開いた。

年齢にそぐわないほど肉感的な唇が、躊躇《ためら》いがちに動く。

「水族館の前に、携帯、買いにいくか？　好きなのを買ってやる」

耳に飛び込んできたのは、思いがけない言葉だった。

潤はしばし目を丸くして、それからもう一度笑う。

竜泉学院では携帯電話の所持が禁止されているが、ルールを作るのは生徒会長の可畏であり、可畏と生徒会役員の一部は携帯を使っていた。

潤は禁止されていたため、実家に連絡するには学院内の公衆電話を使うしかなく、これまでずっと不便な思いをしていた。転校前に購入した携帯を帰省時のみ使っていたのだが、それもリアムによって破壊され、近々解約しなければと思っていたところだ。

「俺が携帯持っても、いいのか？」

「常にお前のそばにいるといったが、肉食の俺とベジタリアンのお前じゃ食堂は別だからな。三食全部、ここでお前の飯を食うってわけにはいかねえし、どうしたって離れることはある。連絡がつかないと……落ち着かない」

心配で——の一言が抜けていたが、耳の奥に届いた気がした。

後ろ暗いところがある夫が、突然花など買ってきて妻の機嫌を取るシチュエーションに似ていると感じたが、心配だから持たせたい気持ちも実際にあるのだろう。

「じゃあ可畏の携帯からＧＰＳ探索できるよう設定しないとな。なんかあれだな……防犯用のお子様携帯みたい」

「また誘拐されたら敵《かな》わねえからな」

「うん。まさか持たせてもらえると思ってなかったから最新機種とかチェックしてないけど、いいやつ買ってもらおうかな」

「好きなのを買え」

「さすが太っ腹」

俺の機嫌はもう直ったよ。本気で笑ってるから、可畏も一旦忘れて笑っていいよ——そんな想いを籠《こ》めて、潤は声を出して笑う。これが正解なのかどうかはわからなかったが、今はただ可畏と一緒に、予定通りの平和な時間を過ごしたかった。

「前のは簡単に壊れちゃったし、可畏が持ってるみたいな衝撃に強いやつにしよう。可畏が今使ってるのはダイビング対応だっけ？　海水ＯＫなんだよな？」

「ああ、その分ゴツくて重いけどな」

「見た目だけだと時代に逆行してる感じだな、自衛官に人気だってニュースでやってたけど。そうそう、防水パッキン外してイヤホンジャックアクセサリー挿してたら意味なくないか？」

「お前が寄越したティラノだろうが。文句あんのか？」

「ないない。携帯より大事にしてくれてるってことだろ？　ほんと感激」

何事もなかったかのようにけらけらと笑って会話しつつ、潤はキッチンに向かう。

寝室のドアを開ける前に振り向いて、「食堂に行くから先に行ってて」といい置いた。

さすがに今から朝食を作る気力はなくなり、準備しておいた食材を元の位置に戻す。

大鍋に沸かしておいた湯は、今夜辺り夜食の皿のつけ置きに使うことになりそうだ。

ここは寮なので、朝食作りを途中で放棄したからといって不自由はなかった。

潤はベジタリアン向けの朝食をこの部屋のキッチンで作る機会が増えていたが、基本的には可畏と別の食堂を利用している。

可畏は肉類が提供される第一寮の食堂に、潤は草食竜人のための第二寮に行き、それぞれの好みに合った物を摂っていた。

可畏の言葉通り、いつもそばにいたくても実際には難しい部分がある。

幼い頃から生き物の感情を捉え、恐怖心に同調してきた潤には、肉や魚を食べることは疎《おろ》か、食料となったそれらを見ることすら苦手だった。


「おはようございます、暴君竜。そして潤も」

朝食後に合流し、制服姿で出かけようとした二人の前に、リアム・ドレイクが現れる。

長く豪華なストロベリーブロンドと白い肌、ルビーの色の瞳を持つ飛び切りの美男だ。

人型の時に限って宙に浮ける特殊能力を持ち、一応は翼竜として扱われているが、実際には獣脚類に分類されている。

ティラノサウルス亜科のダスプレトサウルスの体に、プテラノドンの翼が生えた白いキメラ恐竜——ティラノサウルス・プテロンと名づけられ、遺伝子上は十人の親を持つレア竜人だ。

その十人の中に可畏の両親や祖父も入っているため、二人には兄弟といえるほど濃い繋《つな》がりがある。とはいえ、もしもリアムが可畏の『弟』でしかなかったら、潤を攫《さら》ったことで可畏に殺されていたかもしれないが、リアムは雌雄同体という珍しい特色を持っていて、可畏の『妹』といっても過言ではなかった。そうした事情や、リアムがクリスチャン・ドレイクに寄せる想いが、可畏の怒りを軟化させたのは間違いない。

「お二人とも、日曜でも早いんですね」

「おはよ。今日は出かける予定があったから、いつも以上に早いんだ」

そうはいってもすでに九時半を過ぎており、潤は気分的に少し急いでいた。

日曜の携帯ショップは混雑が予想されるため、できれば開店前に店に着きたい。

「今日はどちらにお出かけに？」

「二人で新しい水族館に行く予定。その前に携帯を買うことになってて」

リアムの前で足を止めた潤だったが、可畏は彼に構わず廊下を進む。

潤も「じゃあ」とだけいって可畏のあとを追おうとしたが、その途端に肘を摑まれた。

「潤……」と重めな声で名前を呼ばれ、ぎくりとする。

リアムに対する恐怖心はだいぶ薄れたものの、潤には、彼が自分に構うことによって可畏が激昂《げっこう》し、暴力的な展開になるのが怖かった。もちろん自分自身としても、飛行能力を利用した脅迫や、空中での性的な嫌がらせを完全に忘れたわけではない。

「携帯を買うなら私に買わせてください。君の携帯を壊したのは私ですから」

「……た、確かに壊されたけど、でも」

可畏がいない時にリアムに空まで連れ去られ、高圧送電線を支える鉄塔の上で脅されたのは、今から二週間前のことだった。

リアムは、高所から落とされたらどうなるかを潤に思い知らせるために、携帯電話をわざと落下させ、木端微塵《こっぱみじん》にしたのだ。そのうえ、身動きできない潤の体を好き放題に弄《いじ》った。

「水族館まではお邪魔しませんから、途中まで御一緒していいですか？　君に、新しい携帯を買ってあげたいんです」

「な、なんで？」

「私の中にある男の部分が、今でも君に惹かれているからです。『人としての部分』と、いい換えてもしっくりきそうです。人間として、沢木潤という人物をとても気に入っているので、壊してしまった物を弁償したいと思っています」

摑まれた肘を引き寄せられた潤は、どう答えるべきか迷う。

可畏がリアムと和解した状況にある今、自分もまた、リアムに携帯を弁償してもらった方がいいのだろうか。

いつまでも気にするつもりはなかったが、二年間の分割で購入した本体代の支払いは今後も続くため、明細を見るたびに「リアムに壊された携帯の代金を払い続けてる」と思ってしまうかもしれない。お互いスッキリするためにも、受け入れるのが一番いいと思った。

「うん、じゃあ……お言葉に甘えようかな」

「おい、勝手に決めんな」

潤が答えた途端、いつの間にか戻ってきた可畏が割り込んでくる。

リアムを殴ることも突き飛ばすこともなかったが、可畏は潤の体をリアムから引き剝がし、ただでさえ鋭い眼光に力を籠めた。

「コイツの物は俺が買う。部外者が余計な真似すんな」

「可畏っ」

いきなり殴るなどの暴力沙汰にはならないものの、潤の気は休まらない。

リアムの返答次第では、血を見ることになりかねないと思った。

「まだ新しい携帯を故意に壊したんです。弁償したい気持ちに他意はありませんよ」

「他意があろうがなかろうが不愉快だ。どうしても気が済まねえっていうなら、壊した携帯の残りのローンを一括で払え。それで手打ちだ」

あ、それいいかも——と潤が思った時にはもう、可畏は潤の肩を抱いて歩きだしていた。

自分の恋人が他の男からもらった物を使うのは不愉快だが、元々持っていた物の……しかも今は存在しない物の代金を弁償として支払うだけなら構わない。

そんな可畏の考え方は、実に合理的で理に適《かな》っているように思える。

その一方で、自分の恋人に好意を向ける者を可畏が許すことの意外さに驚かされた。

「承知しました……私が贈った物を潤に持っていてほしかったのですが、一旦引きます」

リアムの言葉に、潤はまたしてもぎくりとさせられる。

可畏を刺激しないでくれよ——と表情で訴えつつ振り返ると、絵に描いた王子様のような、或いはお姫様のようなリアムが、「行ってらっしゃい」と、優雅に手を振っていた。

《二》

日曜の朝の携帯ショップは混んでいて、人混みが嫌いな可畏は途中から外に出ていた。

「あと少しだから外で待ってる?」と提案したのは潤で、それまでの長い時間、可畏は店内のソファーに座ってじっと我慢していた。

竜人が背負っている恐竜の影は光と無関係に現れるが、あくまでも影に過ぎず、それ自体に感覚があるわけではない。建物の天井に隠れたり、他人と重なったりしたところで問題はないものの、傍目に見ると窮屈そうに見えるものだった。

――相変わらず凄《すご》い注目浴びてる。あの顔とスタイルじゃ当然か。

機種変更手続きの最中、潤は硝子《ガラス》の向こうに立つ可畏の横顔を眺める。

通りを行く人々が、一人残らずといっていいほど彼を見ていた。

一九〇センチの長身と、極めて長い脚、鎧《よろい》を纏ったような筋肉質の体だけでも目を惹くが、そのうえアメリカ人の父親クリスチャン・ドレイク譲りの顔は完璧に整っていて、肌は浅黒く、生命力に溢《あふ》れている。十八歳にしてセックスアピールの塊といってもいい過ぎではなかった。

髪は漆黒、瞳も黒いが、虹彩には血の色が交じり、実に神秘的だ。

対照的に白眼や歯列は思わず見惚《みと》れてしまうほどの純白を保ち、健康美と悪魔的な美を兼ね備えている。

見た目だけでも特筆すべき点が多いが、さらには日本有数の企業グループ、竜嵜グループの御曹司《おんぞうし》で、すでに跡取りに決まっていた。

竜泉学院の生徒会長を務めつつマネーゲームを楽しみ、個人資産は百億円を優に超え、外に出る時は運転手付きの高級リムジンを走らせる。本来ならこういった店に自分で足を運ばずに、店員を呼びつけて買い物をする人種だ。

——あれだけ目立つのにスカウトもナンパもされないし、写真も撮られないし……ほんと、不思議だよな。人間て本能的に怖いものがわかるんだ。

可畏がティラノサウルス・レックスの遺伝子を持つ竜人であることと、超をいくつつけても足りないほど凄い彼氏であることを実感しつつ、潤は開通した新しい携帯電話を手にする。

店内には薄くて軽い物を中心とした最新機種がたくさんあったが、選んだのは可畏と同じ機種の色違いだ。

「あの、もしかしてモデルさんとかですか？」

手続きが終わるなり、目の前の女性スタッフに小声で問われる。

可畏のことを訊《き》かれたのかと思ったが、視線や表情からして違っていた。

妙に顔を見られている自覚はあったものの、そういうことかといまさら気づく。

「全然そういうんじゃないです。厳しい学校だし」

自分もまた注目を浴びる容姿の持ち主であることを、潤はすっかり忘れていた。

竜人の学校とはいえ竜泉学院は全寮制なので、ある意味では快適だ。

転校前は毎日電車で通学していて、マンション前に芸能事務所の人間が張っていたり、駅で見知らぬ女子高生や女子中学生、女子大生から告白されたりと、いつも大変だった。

「竜泉て超お坊ちゃま学校ですよね」

「ええ、まあ」

色目を使われているのを感じつつ、潤は「お世話様でした」と、切り上げて席を立つ。すぐに店を出て可畏に声をかけるつもりだったが、ふと思い立って柱の陰に隠れ、携帯のアドレス帳を開いた。

クラウドに預けていたアドレス帳が新しい機種にも生きていて、メインフォルダ内に母親と妹、そして可畏のアイコンが並んでいる。

三つあるうち可畏だけは本人の写真ではなく、潤が可畏にプレゼントしたティラノサウルス・レックスの携帯ストラップの写真だった。

『機種変完了!』

新機種の操作に少し迷いつつ入力した潤は、第一号のメッセージを送信する。

じっと待っていると、数秒後に既読マークが表示された。

「あれ……沢木？　沢木じゃん！」

可畏からの返事を想像していた潤の耳に、聞き覚えのある声が飛び込んでくる。

さらに続けて、「ほんとだ、沢木だ！」「ジュンジューン！」と、陽気な声が続いた。

一人は体格がよく背も高いが、残る二人は潤と同じくらいの身長で、いずれも寺尾台《てらおだい》高校の三年生だ。三人揃って私服を着ていて、驚き半分、喜び半分の顔をしている。

「森脇《もりわき》……田村《たむら》も芝《しば》も。うわ、久しぶり！」

「久しぶり、じゃねえよ。お前いきなり転校して携帯実家に置きっぱとかあり得ねえだろ」

「ご、ごめん。そのうちちゃんと連絡しようとは思ってたんだけど」

「どんだけ心配したと思ってんだよ」

いつも一緒に行動していたグループのリーダー的存在の森脇篤弘《あつひろ》は、笑顔から一転、本気で怒気を向けてきた。

怒るのも尤《もっと》もな話で、可畏に脅されて竜泉学院に転校させられた潤は、自らの意思もあって友人との交流を避けていた。

最初のうちは、可畏が彼らを殺すかもしれないと思ったこと、怪我をしてもすぐに治る体に変化したこと、さらには同性の恋人ができた気恥ずかしさもあって、とりあえずしばらくはという、曖昧な期間設定でのフェードアウトを望んでいたからだ。

「森脇なんか絶対おかしいって半ギレしてさ、お前んちに何度か行ったんだぜ」

「マ、マジで？　ごめん、知らなかった」

「実は死んでんじゃないかと疑いたくなるだろ。坊ちゃん学校で問題なくやってんのか？」

「ああ、全然問題ない。男子校だから楽だしさ」

問題ないどころか……拉致《らち》されたりレイプされたり、ハンマーで頭を殴られた挙げ句に涸《か》れ井戸に落とされ、果てはティラノサウルス・レックスに食べられたり、翼竜に捕まって空から落ちたりと、よく死なずに生きてるよな——と思うことばかりだったが、潤は何一つ語れずに笑って誤魔化す。

そうこうしているうちに、手の中の携帯が振動していた。

これで二度目だ。可畏からのメッセージが二つ届いているのだろう。

突飛なことが書かれている可能性があるため、友人の前で見るわけにはいかなかった。

「お前ほんとモテたもんな。スカウトもウザかったけど、女の子がホイホイ群がってさ」

「男子校でもモテてんじゃねえ？　なんか前よりキラキラ増量してね？」

田村と芝は愉快げだったが、森脇は眉間に皺《しわ》を寄せている。

柔道部の元主将なだけに、黙って立っていると貫禄があった。

「それ、俺と同じ携帯だ。色まで一緒」

「……あ、被った？」

潤の手元を見ていった森脇は、ポケットから携帯を取りだす。

少し使用感があったが、紛れもなく潤と同じ機種、同じ色だった。

「お前の結構新しかったのに機種変したのか？　これからは連絡つく感じ？」

「あ、うん。即レスは無理かもだけど、これまでよりは返せると思う」

「よかった。俺のアドレス入ってる？」

「入ってるよ」

よかったといいつつもまだ怒っているのを感じて、潤は居たたまれなくなる。

些細なことでキレて同級生を半殺しにする男と暮らしているので、森脇が少し怒ったからといって何も怖くはなかったが、これまで自分に好意的だった友人を怒らせたり、失望させたりするのはつらい。

思い返せば、前の携帯に機種変更した時は、この店に森脇と二人で来たのだ。

独りで行動するとナンパやスカウトがしつこく面倒な思いをすることがあり、森脇がいつもボディーガードのように守ってくれていた。

「沢木、今日これからどうすんの？　なんで制服？」

「竜泉は全寮制だからさ……寮に私服はあまり持ち込んでないんだ。面倒だから出かける時はだいたい制服。今日はこれから友達と水族館に行くことになってて」

潤が質問に答えた途端、森脇は目を剝き、他の二人は「マジで⁉」と声を上げる。

何故そんなに驚くのか考えるまでもなく、「俺らもだよ！」と芝が身を乗りだした。

「え……どこの水族館？　俺が行くのはちょっと遠いとこなんだけど」

これから行く水族館の正式なオープンはまだ先で、今日はスポンサーや関係者だけが入れるプレオープン日のはずだが、田村と芝は「川崎シーワールド！」と返してくる。

「一緒だ」

「やった！　森脇の親父さんの会社、水族館の箱作ったんだってさ」

「あ、そっか……建設会社だっけ」

「森脇なにげにお金持ち。ジュンジュンも竜泉の坊ちゃんにプレミアチケットもらったん？」

芝の問いに、潤は「まあそんな感じ」と答えた。

「それなら一緒に行こうぜ。友達、どっかで待ってんのか？」

なんとなく予測できたが、森脇から誘われる。

嫌とはいわせない顔つきだった。

「外で待ってもらってる」

まずいなと思う気持ちの裏に、皆で行けたらいいなと思う気持ちが潤にはある。

可畏との交際を母親に知られていて、近いうちに自分からカミングアウトをしようと決めた今となっては、友人に可畏との関係を見破られても構わない気がしていた。

潤の家族の前では良識あるお坊ちゃんを装うスキルがある可畏が、自分の友人達とも上手くやってくれたらいい。そんなふうに思えて仕方がない。

「おい、いつまで待たせるんだ？」

一緒に行くとも行かないとも明言しなかった潤は、田村の後ろからぬっと現れた可畏の姿に息を詰める。ご機嫌斜めの顔だった。

「可畏……ごめん、友達と偶然会って」

長身の森脇よりさらに大きな体から発せられる威圧感は凄《すさ》まじく、やはり本当に怒らせたら怖いのは可畏の方だと思い知らされる。たとえるなら、兎と猛獣ほどの差があった。

「――っ、ぅ」

可畏に睨まれた途端、森脇が小さく呻《うめ》いた。

直接睨まれたわけではない田村や芝も、一歩後ろに引く。

以前、ヴェロキラプトル竜人の辻らに睨まれた時も、彼らは同様に恐怖していた。より強大なティラノサウルス・レックスの竜人である可畏に睨まれれば、こうなるのも当然だろう。

「可畏、えっと……前の学校の友達で、田村と芝と森脇っていうんだ。それで、森脇のうちは建設会社で、川崎シーワールドの関係者だからプレオープンに招待されてるんだって。行き先同じだし久しぶりに会ったし、五人で一緒に行けたらとか思うんだけど、どうかな？」

「一緒に行ってどうするんだ？」

「そりゃ、シャチとか鮫《さめ》とか見るんだよ。ずっと一緒じゃなくてもいいけどさ」

潤はさりげなく可畏の真正面に滑り込み、威圧の盾になりつつ首を傾げた。

実家で上手くやってくれた時のように、友人とも上手くやってほしいと思う。

人間的な感覚でいえば、交際相手の友人や肉親に愛想よく振る舞うのは常識だ。

やり過ぎると逆にトラブルになりかねないが、なるべく「自慢の彼氏彼女」であろうとすることは、交際相手に対する愛情表現だと考えている。

実のところ、努めてそうしたいと思うほど真剣に付き合った相手は過去にいなかったうえに、可畏には、部下は大勢いても友人らしきものはなく、肉親はといえば……人間の常識では測れない面々ばかりだったので愛想も何もなかったのだが、自分のことはさておき理想としては、交際相手の友人知人、身内全般にはそこそこいい顔をするものだと思っている。

「俺は構わねえが、お前のオトモダチは嫌がってるぞ。というより、チビってねえか?」

「可畏っ」

潤が慌てて振り返ると、可畏の視線の先にいた森脇が眉根を寄せていた。

田村と芝は身を竦《すく》ませ、大柄な森脇の後ろに半分隠れている。

「べつに、誰もチビってもビビってもいねえよ。タッパあんのもガタイいいのも認めるけど、ちょっと自意識過剰なんじゃねえの? 竜泉のお坊ちゃん」

「森脇……あの、コイツは竜嵜可畏っていって、竜泉の中高部の生徒会長なんだ。確かに凄い

御曹司なんだけど、坊ちゃんとかいわずに名前で呼んでやってくれ。せめて『会長さん』とか。皆で水族館行くなら、いい感じで行こうぜ……な？」

ぎこちない笑顔を浮かべた潤を前に、森脇はばつの悪い顔をした。窘《たしな》められたことに不満があるようだったが、「じゃあ会長さんで」と答える。

可畏の威圧に抗《あらが》おうと必死になっているのは、顔を見るとよくわかった。店内は空調が利いていて暖かいのに、森脇の頬には鳥肌が立っている。

普段は陽気な田村と芝も表情を硬くしていて、この場でお別れしたいと思っているのが見て取れた。

──あんまりいいことじゃないんだろうな、これ。どちらにとってもよくなくて……完全に俺の自己満足かも。

潤は、可畏が恐竜の本能を見事に抑え込み、人間と上手く接するところを見たかった。母親や妹に対する態度に感動した時の気持ち、あの夜の心地よさをもう一度味わいたい。それは可畏にとってストレスになるのかもしれないが、潤は自分の中に芽生えた衝動に従い、可畏の隣に立った。

「機種変、思ったより時間かかっちゃって。待たせてごめんな」

可畏を試す気持ちがあることを自覚しながら、無邪気な振りをして笑う。

可畏が人間には暴力を振るわず、もちろん殺さずにいてくれるなら、それ以外のことは目を瞑《つむ》ってもいい——そんな線引きが出来つつあった。母親殺しを責めなかった時と同じように、可畏の気持ちや本能を尊重し、許容できるギリギリのところまで耐えようと思う。

「メッセージ、まだ見てないだろ」

「あ、悪い。すぐ見る」

「大した用件じゃない。雨が降ってきたから車を店の前につけさせるってだけの話だ。お前のオトモダチを乗せてやっても構わねえが、それでいいのか？」

潤の友人を前にしても可畏は冷静で、潤にはそれが甚《いた》く嬉《うれ》しかった。

可畏のいう通り、硝子の向こうには霧に近い小雨が降っている。

「お天気雨って感じだな。予報出てたっけ？」

「いや、朝の予報では曇りだった。急に崩れてこれから本降りになるらしい」

「珍しく外れたってことか。今日はキャンピングカーだから五人でも余裕で乗れるし、雨なら丁度よかったな。……そういうわけなんだけど、車で移動でいい？」

途中から森脇らに確認した潤に、不機嫌な顔の森脇が「ああ」と答える。

田村や芝も可畏の威圧に少しは慣れたようで、「傘持ってないから助かるかも」と、引き攣《つ》りつつ承諾した。

潤と可畏、そして森脇と田村と芝を乗せた黒塗りのキャンピングカーは、東京《とうきょう》と神奈川《かながわ》の県境にある携帯ショップから、川崎シーワールドに向かった。

米大統領の警護車と見紛うような、物々しい黒塗りのキャンピングカーの中で畏縮していた寺尾台高校の三人を横目に、潤は彼らが恐れる可畏の中にある、人間と変わらないトラウマについて考えていた。

閉所恐怖症が完治していない可畏は、窓の位置を高く大きめに作った特別仕様のリムジンや、キャンピングカーを所有している。潤が望めば一般的な乗用車で出かけることもあるものの、長時間乗る時や視界の悪い時は、高さと広さがないと落ち着かないようだった。

生まれてすぐに小さな木箱に閉じ込められ、地中に遺棄された可畏にとって、狭苦しい乗り物や部屋、窓のないエレベーター、地下室や井戸は恐ろしいものだ。

最強と謳《うた》われる可畏にも弱点はあり、そういうところは人間と変わらない。

「プレオープンなのに、思ったより人いるんだな」

車から降りて水族館のゲートを潜った潤は、努めて明るい声を出した。

可畏と出会う前は、盛り上げ役を田村や芝に任せて聞き手に回っていれば済んだが、今日はそうもいかない。車内ではテレビを流すばかりで会話はゼロに近い状態になってしまったので、ここでは率先して声を出し、空気を和らげる心積もりだった。

「この水族館の建物的な目玉は円柱形エレベーターなんだ。ほら、あれ」

地上二階にある入場ゲートを通ると、森脇が正面の吹き抜けを指差す。

CMで見たので知ってはいたが、実物は写真以上に迫力があった。

地上二階から地下一階まで、すべてが吹き抜けになっていて、その中心を円柱形の近未来的エレベーターが三基も通っている。三本の硝子管の中を、透明のカプセルが音もなくスーッと上下に滑っていくようだった。

「うわ、凄いな……水槽と近いし。森脇の親父さんの会社が作ったのか？」

「いやまさか。あれはエレベーター会社が設置しただけ。水槽も専門の業者がやるし、親父がやったのは箱だけな。けど話には聞いてたんだ。あれは並んでも乗っておけって」

エレベーターホールにはテーマパークのアトラクション乗り場のように列を作るスペースが用意され、スタッフが誘導していた。とはいえ招待客のみのプレオープン日なので、何基分か待てば乗れそうな列だ。おそらく実際のオープン後は大変なことになるだろう。

「ほんとすっげえなぁ……三階分の水槽を通ってんのか、これ」

「そうらしいぜ。乗らないと見えないクラゲの大水槽もあるとかで」

芝と森脇が話している横で、潤は列に向かいかけた足を止めた。

うっかりしていたが、側面すべてが硝子張りとはいえ、この状況でエレベーターに乗るのは無理だと気づく。一基がさほど大きくはないうえに、定員の限度まで乗せているからだ。

「なあ、エレベーターはあとにして……とりあえず普通に見ないか？」

潤は人前で可畏に確認するのはやめて、自分で判断した。

可畏は人混みを嫌うため、すでに機嫌が悪くなっている。

すし詰め状態のエレベーターには乗りたくないはずだ。

きつく寄せられた眉間の向こうで、「次は貸し切りで来よう」と考えているのがわかる。

「あ、それならシャチのショーが二十分後だ！　ここの目玉はエレベーターじゃなくて四トン級のシャチなんだろ？　俺は断然そっちがいい！」

「そうそう、魚的にはシャチが売りなんだ。それ見なきゃ始まんないよな」

「俺、シャチって見たことないかも」

芝と森脇に続いて潤がいうと、「俺も」「俺も」と返ってきた。

可畏は黙っていたが、見たことがありそうな顔をしている。

「えーっと、シャチはオーシャンスタジアムだってさ。開閉式屋根完備で雨天決行って書いてある。まずはそこのスロープ下がって……一階から進めるみたいだな」

「水被る席と被んない席があって選べるんだぜ。レンタルのカッパもあるって」

「冬場は一択だろ」

「だよなぁ」

潤の返事にようやく笑った森脇は、田村と芝を従えつつスロープを下りていく。

少し離れてあとをついて行った潤は、可畏と顔を見合わせた。

「シャチって頭よさそうだけど、可畏を見ても平気かな?」と訊いてみる。

生物によっては竜人を恐れて逃げたり騒いだりしてしまうことがあり、特に賢く察しのいい馬などは、乗ることは疎か触れることも難しいと聞いていた。

「知能の高い生物は竜の影と重なるのを恐れる。何かしら感じるものがあるんだろうな」

「じゃあやめといた方がいいかな?」

「いや、後方の席に座って気配を消してりゃ問題ない」

「ほんとに?」

「疑ってんのか?」

「違うよ、単なる確認。……よかった。せっかく来たのに楽しめないと残念だもんな」

潤は人目を気にしつつも、可畏の肘にそっと手を当てた。ほんの数秒だけだ。

友達同士に見える程度の接触を意識したが、それでいて内心、カッコイイ彼氏を自慢したくなる女子の気持ちに同調していたりもする。

見た目の問題だけではなく、人間の友人と難なく一緒に行動してくれていることが嬉しくて、ときめく気持ちが止まらなかった。この場でキスの一つもしたくなる。

「あのエレベーター、やっぱ無理だよな?」

「貸し切りの時に乗る」

「そういうだろうなって思ってた」

「お前は貸し切りが嫌いだったな」

「一般客に迷惑かけたり、がっかりさせるのが嫌ってだけ。急にとかじゃなく計画的にやって、事前に告知されるならいいと思う。あ、それやる時は生徒会メンバーだけじゃ勿体《もったい》ないから、学院全体で貸し切るとかは？」

「そりゃ無理だ。おそらく水槽のすべてに影が被る。やるなら小型種限定だな」

「そっか、そうだよな……魚が怖がりそうだ。尻尾の長いのとか首の長いのとか色々いるし、草食では可畏より大きいのもいるもんな」

「――大抵は絶滅危惧種だ」

あ、今ちょっとムカついてる――と察した潤は、失言を反省しつつ「そっか」とだけ返す。

肉食竜人のステイタスは大きさや重量にあることを、改めて認識した。

実際のところ、人型に於ける能力が優れていて、なおかつ敵を圧倒する大きさの影を背負い、恐竜として強くなければ上に立つことはできないと聞いている。

肉食竜人同士で戦う以上、大型化は自然の摂理といえるだろう。

ただし草食竜人は事情が違った。恐竜の進化を見ると、肉食恐竜が大きくなれば草食恐竜も大きくなり、共に大型化が進んだのは間違いないが、竜人として恐竜遺伝子を受け継ぐうちに、肉食竜人は大型化を続け、草食竜人は逆に小型化していった。

小さくなれば餌として食いでがなく、恐竜化して逃げるのに都合がいいからだ。

　そうしてさらに進化した草食竜人は、人間としても小柄で愛らしい容姿を持ち、餌ではなく愛玩《あいがん》動物となって生き長らえる道に進んだ。

　その流れに従えなかった一部の大型草食竜人は、恐竜化を支えるバイタリティーが足らず、絶滅危惧種に指定されている。細胞に水分を取り込んで増幅させることも、増幅させた細胞を元に戻すことも難しいことから、変容するたびに命をすり減らし、恐竜の姿で交尾をするのは困難だった。結局、先細るばかりになっている。

「水被んないエリアなのに、なんだってこんな後ろに座るんだ？」

　潤と可畏が最後列に並んで座っていると、前の方にいた森脇がやって来た。田村と芝は振り返るだけで立ち上がらない。可畏と離れて座れたことにほっとしているようだった。

「開始時間が近づいたらどんどん混むぜ。今のうちに前の席に来いよ」

「ここでいいよ。人混み苦手だし」

「沢木が苦手なわけじゃなく、会長さんが苦手なんだろ？」

「俺もわりと苦手だよ。それに可畏も俺も視力いいから、ここで十分」

　最後列に座る理由を濁したせいか、森脇は訝《いぶか》しげな顔をした。

「俺も視力はいい方だ。隣、座るぜ」といってくる。

　可畏が気配を消しているため威圧が弱まっている可能性はあるが、潤の目には、森脇の痩せ我慢に見えて仕方がなかった。

――ここならこっそり手くらい繋げるかと思ったのに。

二人に挟まれながら、潤は可畏の側にある右手を密かに開閉する。

森脇、空気読めよ……と思う気持ちが半分、実際に読まれたら気恥ずかしい気持ちも半分で、もやもやとしているうちにショーが始まった。

トレーナーがシャチの名前を紹介し、マイク越しに呼ぶと巨大なシャチが現れる。

前の方に座る田村や芝が、「でけぇ！」「すげぇ！」と声を上げ、家族連れの中からは歓声と共に子供の絶叫まで聞こえてきた。

マイクを手にしたスタッフが泣く子を宥《なだ》めて、「シャチは人間が触れ合える生き物の中で、いっちばん大きいんですよー」と説明する。

そして女性トレーナーがシャチの鼻に乗り、雨除けの天井に向かって垂直に飛ばされた。

海獣ショーでは定番の、『人間ロケット』という大技だ。見事成功したが、飛ばされ過ぎたトレーナーが天井にぶつかるのではないかとハラハラさせられる。

――なんか、ああいうのやったよな。ティラノの頭に乗ったんだ、俺。

水を波のように揺らすシャチの姿を眺めながら、潤は竜ヶ島《りゅうがしま》での戦闘を思い返す。

あれは今から一月半ほど前の出来事で、さらに潤は、わずか二週間前にも暴君竜と翼のある巨大恐竜の壮絶バトルを目にしたばかりだった。おかげで、せっかくのシャチの姿がそれほど大きく映らない。

「そういや、前にもこういうの見たよな。アシカショーだっけ？」

ショーが着々と進む中、森脇が話しかけてきた。

潤は、「ああ」と答えてからいつの話か考える。

「動物園のやつか。もっと小さい規模だったけど、行ったな」

「あれって誰と付き合ってた時？　リサちゃん？　エミちゃん？　ユイちゃん？」

森脇に問われるまで動物園に行ったことすら忘れていた潤は、歴代彼女の名前を出されて気まずい思いをする。可畏が「転校先の新しい友人」なら実害はないが、仮にそうだとしても歓迎できない話題だ。なんだか森脇らしくないと思った。

「さあ、もう忘れた。終わった話だし」

「二年の秋頃だから、たぶんリサちゃんだ。沢木の歴代彼女の中で、あの子が一番可愛かった気がする。かなり積極的で、お前と絶対結婚するとかいってたっけ。別れた時は大騒ぎでさ」

森脇が何故こんな話を振るのか、潤には不思議でならなかった。

田村や芝がノリでいうならわかるが、森脇はそういう場合に止めに入るタイプだ。

おかげで嫌なことまで思いだしてしまった。

動物園に行きたいと強請《ねだ》られ、当時森脇が付き合っていた彼女と四人で出かけたのだが……

リサは「今からうちに来て。エッチしよ」と誘ってきた。閉鎖環境にある動物達の感情を読み取って疲れ果てていた潤が適当な理由をつけて断ると、リサは人前で大泣きした。

どの子も告白してくる時は大抵、「お試しでいい」「付き合ってくれるだけでいい」「都合のいい女でいいから」などというくせに、結局はあれこれと求めてくるのが常だ。

最初から無遠慮に潤を支配し、奪い取り、性奴隷扱いしておきながら徐々にまともな態度になっていった可畏とは、正反対といえるだろう。

——可畏がやったことを肯定するのは変だし、他人事《ひとごと》として考えたら相当おかしい。でも、結局は俺自身の受け止め方なんだよな。セックスにしてもそうだ……女の子相手でもその場になれば一応勃って、無難に熟せてたと思うけど……ほんとヤル気なかった。抱かれてる今のが遥かに元気っていうか、やりたいと思うことも多いし、ガツガツ求められると疲れるのに……嫌じゃない。むしろ嬉しくなるし、求められなかったら楽な反面、たぶん淋しい。俺、草食のくせに性欲だけは肉食並みになってるかも。

恐竜に近い重量感のあるシャチの姿を眺めながら、潤は女子高生の柔らかな裸のイメージを可畏の肉体で塗り潰す。

隣に座る可畏の姿を見なくても、想像だけで顔が熱くなった。

自分がゲイだとは思いたくなかったが、可畏の体がたまらなくセクシーに感じて、隆起した胸筋や腹筋に欲情しそうになる。性器までイメージしかけて慌てて思考を止めたのは、洒落《しゃれ》にならなくなる危険を感じたからだ。

「今は彼女いないのか？　お前、中学ん時から切らしたことなかっただろ？」

森脇の問いに、潤は眉を寄せて困惑する。

彼が話しかけているのは自分だったが、聞かせたい相手は可畏なんだとわかった。

おそらく森脇は自分と可畏の関係に気づいていて、わざと可畏を刺激しているのだろう。

そうでなければ、彼がこんなルール違反を犯すわけがない。

――なんだ、気づいてるんじゃん。

過去の自分を知っている友人から、名前をつけるなら「ゲイ」だの「バイ」だのと呼ばれる存在として認識されているのかと思うと、胸の奥がざわついた。

そういった人々を差別する気はないが、自分は違うし、誤解されたくないと思っていた頃の感覚が、今でも生きているのを感じる。「俺の場合は可畏だけだから。他の男は絶対嫌だからゲイでもバイでもない」と否定するのも苦しく、それ自体が差別的な発言に思えた。

「切らしてた時期も結構あるよ。今は男子校だし、寮からほとんど出ないから」

「沢木は男にもモテたよな。バスケの試合のあと、お前に一目惚れした対戦相手が告ってきて場が凍りついたり、変なオッサンに尾《つ》けられたり」

「――そんなこともあったな」

「男子校だと余計モテるんじゃねえか？　今も大変だろ」

「まあそれなりかな。モテるといえばモテるかも」

あえて否定しなかった潤に、森脇は予想外の反応を見せる。

以前の彼なら笑ってツッコミを入れつつ、ボディーガード役だった時の苦労を面白おかしく語っただろう。しかし今は少しも笑わずに口を噤《つぐ》み、不満を絵に描いた顔をする。

『……邪魔くせえ……死ね』──突然、自分ではない誰かの感情が届いた。

潤は意図せずに動物や鳥や魚の感情を読み取り、それに同調してしまうことが間々あるが、今読み取ったものはシャチの感情ではなかった。他者を邪魔だと思い、力で排除したいと願いながらもこらえているこの感情は、明らかに人のものだ。

──可畏……！

潤は人間や竜人の感情を読むことはできず、唯一、可畏のものだけは読み取れる。理論的に考えれば、可畏から輸血を受けて命を取り留めたせいだと思われるが、そこはより浪漫《ろまん》を求めて、運命的な絆があるから彼だけは特別なんだと捉えていた。

「潤、急ぎの連絡が入った。車の中で待ってる」

「……え？　な、なんで？」

「生徒会の仕事だ」

可畏はショーの途中で席を立つと、携帯をちらりと見せてくる。

画面の明かりが消えているため見せられても無意味だったが、その仕草の意図は読めた。携帯は、中座するための小道具に過ぎない。森脇の発言に不快感を覚えた可畏は、これ以上森脇といるのが嫌になったのだ。それどころか、自制の面で危険だと感じたのだろう。

いずれにしても素晴らしい選択だと思った。人間に暴力を振るわないのは当たり前にしても、理由なく去っては角が立つと考えて無難な理由をつけた可畏は、「帰る」とも「行くぞ」ともいわずに、自分だけが去ろうとしている。

「可畏……」

家族に対してだけではなく、自分の友人にまで人間的な気遣いを見せる可畏の言動に、潤はたちまち胸を詰まらせた。

可畏は本当に成長したのだ。大人になったというよりは、人間らしくなったのだろう。

今朝、ヴェロキラに対する暴力シーンを潤に見せてしまったことを悔やみ、反省していて、それが活かされているからこそ今の判断に繋がったのかもしれない。

「それなら俺も行くよ」

「お前は一回りして来い。あのエレベーターに乗るんだろ？」

「次の機会でもいい。シャチは見れたし」

理性的でカッコイイ可畏が見られたから大満足です——と目で訴えた潤は、可畏の手で肩を軽く包まれる。立ち上がりかけていた体を留められ、耳元に唇を寄せられた。

「お前はちゃんと楽しんでこい」

囁かれた言葉が、マイクアナウンスと被る。それでも潤には確かに聞き取れた。

何も恰好をつけているわけではなく、可畏には彼なりの苦しさがあるのだと気づかされる。

一日の始まりをよい朝にできなかったことと同じように、せっかくのデートを存分に楽しめないのは残念なことだ。人間と接し、一緒に居続けるのが難しくなった以上、途中で去るのは仕方がないとしても、可畏は——せめて潤が楽しく過ごせるようにと考えたのだろう。

——お前と一緒じゃなきゃ意味ないんだけどな。

潤は苦笑しつつも、「わかった。一回りしたら駐車場に行くから」と答える。

ここであくまでも「俺も行く」といい通して行動した場合、可畏の胸に後悔が残るからだ。可畏の言葉に甘えて友人とそれなりに楽しんでから、「やっぱり可畏と一緒に回りたかった。次は絶対二人で回ろうな」と告げるのが最良の選択に思えた。

「何かあったら携帯に連絡しろ」

「うん、そっちも」

潤は森脇の隣に座ったまま、立ち去る可畏を見送る。

五階建てのビルほどの高さがある暴君竜の影が動いても、観客は誰も気づかなかった。可畏は最後まで気配を消しているようで、シャチのショーも問題なく進行する。

——やばい、カッコイイ。くそ……あんま惚れさせせんなよ。

俺の彼氏はシャチより強くてデカくて、必要に応じて気遣いもできてカッコイイ——と、誰彼なしにいって回りたい気分だった。隣の森脇でもいい。可畏は自分にとって自慢であって、恥ずかしいことなど何もないのだ。

「これ、アイツに買ってもらったのか？」

どうなっても構わないと腹を括《くく》った潤は、急に左手首を摑まれる。

森脇の視線の先にあるのは、可畏から贈られた腕時計だった。

シンプルなデザインのうえに、手が届かないほどの高級品ではなかったが、普通の高校生が身に着けるには贅沢な品だ。

「ああ、うん……竜泉は携帯禁止だからさ、腕時計が必須だったんだ」

「付き合ってんの？」

単刀直入に訊いてくる森脇に、潤は「うん」と答える。

ほぼ同時に前方から歓声が上がったが、潤は森脇と顔を見合わせたままだった。

摑まれた手もそのままで、ぐっと力を籠められると痛くなる。

「——ッ……森脇、痛い」

柔道部元主将の彼の力は強く、潤は痛みよりも手指の痣《あざ》がつくことを恐れた。

怪我をしてもすぐに治る体になったため、人体としての異常に気づかれるのはまずい。

森脇に知られても構わないのは、可畏との人間的な関係だけだった。

「ごめん、驚いて……つい」

「自分から訊いておいて驚くなよ」

「……っ、すぐ認めたことに驚いてんだよ」

「頑なに否定すんのは可畏にもお前にも悪い感じするし。それにしてもあれはないぜ。別れた彼女の話とか出されたら普通に困るし。ただの友達だったとしても聞かれたくない。つーか、俺が聞きたくないんだよ。ろくな終わり方してないの知ってんだろ?」

「悪かった。マジで……ほんとに悪かった。どうかしてた」

「森脇……」

「自分の居場所、取られたみたいで……いや、俺はべつに、そういうんじゃないけど……」

呟《つぶや》きのような森脇の言葉は、オーシャンスタジアムに響く盛大な拍手に呑まれた。

ショーが終わったため、潤も森脇も、一旦会話を中断して拍手を送る。

結局そのまま田村と芝に遮られ、この話題に戻ることはなかった。


川崎シーワールドの目玉の一つである硝子管風エレベーターに乗ったり、悠然と泳ぐ巨大なジンベイザメや七色に光るクラゲを眺めたりと、潤は友人三人と共に館内を見て回った。

最初は二十分以内に済ませて車に戻る予定でいたが、携帯で珍しい魚の写真を撮って可畏に送信すると魚の名前が返ってきて、そんなクイズを続けるのが楽しくなっていた。可畏が次の写真を待っているのが伝わってきたため、結局二人で水族館を楽しんでいる気分になる。

友人達に悪いとは思いつつも可畏を優先し、潤は次々と写真を撮って送信した。

「ジュンジュン、その携帯買ったばっかだろ？　フル充電されてなくね？」

「……あ、ほんとだ。いきなり切れるとまずいから連絡しとこ」

芝から指摘された潤は、地下一階にある大パノラマ水槽の前で足を止める。

ここには多種多様な魚がいたが、メインのジンベイザメの写真はすでに送ったので、カメラアプリを閉じて『全問正解』と、クラッカーや星のアニメーション絵文字付きで送ってから、『そろそろ電池切れそう！　あと十分くらいで帰る！』と続ける。実際には五分でゲートまで行けると思ったが、念のため余裕を見ておいた。

「あの会長さん、カッコイイけど超おっかなくね？」

「んー、おっかないと思った時もあったかも。芝ちゃんがカッコイイっていってたって伝えておく。あ……今日はごめんな、久しぶりに会ったのに携帯ばっか弄ってて」

「いいよいいよ。無理させて悪かったな。交通費浮いてすげぇ助かっちった」

「しかもあんな高級車、テレビでだって見たことないぜ。沢木の友達でよかったわー」

芝や田村と話しつつパノラマ水槽を見ていた潤は、ふと大きな影に目を留める。

ジンベイザメが落とす影かと思ったが、サメが移動しても影はほとんど動かなかった。

しかし完全に静止しているわけではなく、その動きは水槽内の水の流れとは別物に見える。

――なんだろう、あれ……なんの影だ？　いったいどこまで続いて……。

湾曲した水槽に沿って進んだ潤は、長い影を追っていく。

歩を進めるに従い太くなる影は、じっと見ていると徐々に濃くなっていった。

それにより潤は、この影が本来人間には見えないものであることに気づく。

――これって、恐竜の影だ。今までのが尾で、これが後ろ脚……！

森脇らに、「あの影ってなんだろう？」と訊きかけていた口を、潤は速やかに閉じた。

そうしてから改めて開くと、「じゃあ俺はここで。また遊ぼうな」といって別れを告げる。

進行方向にも出口を示す案内板があったため、さほど不自然ではなく別れることができた。

潤は小走りで先へ先へと進み、水槽内の影を見続ける。

意識を集中すればするほど影が濃くなって、立体感が増していった。

最初は透き通るようなグレーだったものが、青みを帯びた不透明なものに変化し、鱗《うろこ》に覆い尽くされた表皮まで生々しく見えてくる。

一度でも目を逸らすと薄く戻ることを知っていた潤は、全神経を注ぎ続けた。

しかしこの恐竜の体は恐ろしく長く、そろそろ顔が見える頃かと推測してもなかなか見えず、体の上部は地下一階に食い込んでしまっている。

――わからない……なんなんだ、これ……学院にこんな恐竜いないよな？　それにこれって、可畏よりデカくないか？　少なくとも全長は確実に可畏よりある。けど、鰐《わに》っぽい表皮は草食恐竜の物には見えないし、この先に誰が……！

恐竜の影が存在するということは、そこには必ず竜人がいる。

それがわかっていながらも、潤は水槽内の影から視線を外さなかった。

魚の名前を完璧に当てた可畏のように、自分もこの恐竜の名前を当てたい気持ちが働いて、図鑑で憶えた恐竜の姿や名前を引っ張りだす。

――あ、これって……まさか！

見えてきた太い前肢を目にするや否や、潤はようやく恐竜の正体に気づいた。

今は見えない背中の帆や、鰐に似た顔さえ見ればすぐにわかるほどメジャーな恐竜だ。

肉食恐竜でありながら立派な前肢を持ち、四足歩行が可能な恐竜。

逆にいえば、後肢だけでは自重を支えられない構造を持つ恐竜であり、魚食のうえに両棲のため正確な線引きが難しいが、肉食恐竜という大きなカテゴリで見れば、ティラノサウルスを超えて真に『地上最大の肉食恐竜』の称号を冠する恐竜でもある。

「スピノサウルス！」

思わず声に出した潤は、カーブに沿って通路を走り抜けた。

その先に立っていたのは、学ランを着たアッシュブロンドの男だ。

一目見て日本人離れした体型だとわかった。手足がすらりと長く、形のよい頭は小さい。

可畏ほど筋骨隆々というわけではないが、翼竜リアムよりは肩も胸板も厚く、均整の取れた長軀《ちょうく》の持ち主だった。パンツのポケットに両手を突っ込み、素足にスニーカーを履いて立っている姿が、まるで一枚の写真のようだ。

——う、わ……なんか、凄い……雰囲気あるな……。

男と目を合わせた途端、潤は自らの心臓の音を聞く。

とんでもないものに出会ってしまった気がして、緊張と興奮で体中の血がざわついた。

——学ラン……竜泉の生徒じゃなく、大人でもないって……なんでだ?

日本にいる雄の竜人は、肉食も草食も竜泉学院に集められ、大学卒業後に野に放たれる——そう聞いていた潤は、スピノサウルス竜人の姿に目を瞬かせる。

西洋の血を感じさせる体型や顔立ちとは裏腹に、男の肌の色は東洋的な物だった。

アッシュブロンドもやや暗めで、より暗い色の眉は涼しげなラインを描き、前髪の間からは灰色を帯びた青い瞳が覗《のぞ》く。

『沢木潤……俺の声が聞こえるか?』

目と目を合わせていると、突如頭の中に声が響いた。

潤が『読心』と名づけた感情のみを受け止める現象とは異なり、歴《れっき》とした言語だった。

耳で捉える音ではなく、骨伝導によって捉えているような妙な心地——恐竜化した可畏が、潤に対して思念を送ってきた時と同じだ。けれどもそれは、恐竜化した時に限り使える力だと聞いている。

『これはちょっとした実験だ。俺の言葉が聞こえるなら、二度頷《うなず》いてみせてくれ』

実際には聞いたことがない声が、頭の中で響くのが不思議だった。

潤は躊躇いつつも男に従う。言われた通り二度頷いた。

すると彼は目を見開き、一頻《ひとしき》り驚いてから微笑《ほほえ》む。

黙っていれば威圧感があるにもかかわらず、地上最大の肉食恐竜とは思えないほど穏やかな表情に見えた。自分の声が届いて嬉しいというよりは、ほっとしたような笑みだ。

『俺は竜泉学院の兄弟校、スイセイ学園の生徒会長を務めている。オウツカミズチだ』

「……オウツカ、ミズチ？」

続けて「兄弟校？　スイセイ学園てどういう字？　兄弟校とかあるんだ？」と声に出したくなった潤は、友人らが追ってきていないかどうか気になって周囲を確認する。

幸い、近くには誰もいなかった。

『天体の彗星《すいせい》と同じ字だ。兄弟校とは名ばかりだが、一応そういうことになってる』

またしても頭に届いた声に、潤はぎょっと目を剝く。

いおうと思っていただけで、まだ何も言葉にしていないはずだった。

どうやら一方的ではなく、こちらの言葉が向こうにも届いているらしい。

『俺に会ったことも、思念会話ができたことも可畏には話さない方がいい』

「なんで？」――と頭の中で問いかけると、これもまた届いたようだった。

十数歩先にいる彼の表情の変化で、会話が成り立っているのが感じられる。

しかし悠長にこんなことをしている場合ではない。潤にはもう時間がなかった。

『紹介される前に勝手に会ったと聞いたら、可畏の気分を害してしまうだろ？　それに、君が心を読める竜人が可畏だけじゃないとなったら、運命的な絆が揺らぐ。可畏にとってそれは、酷く残念で腹立たしいはずだ』

頭に響いたミズチの言葉に、潤は愕然《がくぜん》としながら立ち尽くす。

動物の感情を読み取れることは、家族と可畏しか知らないはずだ。ましてや竜人では唯一、可畏の感情だけは読み取れること――その事実は可畏にしか話していない。

もし他に知っている者がいるとしたら、可畏と潤の部屋を盗聴及び盗撮していた可畏の父親、クリスチャン・ドレイククらいのものだろう。

――なんで俺の能力を知ってるんだ？　俺の心や記憶を読めてるのか？

ミズチの能力がわからず、潤は酷く狼狽《うろた》える。

自分が意図して投げかけた言葉が届くのと、心や記憶を勝手に読まれるのはまったく違う。他人には秘めておきたいことまで暴かれるのは嫌だった。心を読まれるのはこんなに不快で怖いものなのかと、初めて逆の立場に立って痛感する。

『そんなに怯《おび》えないでくれ。俺には人の心を勝手に読む力はない。同族に対してのみ、人型のまま思念を投げかける力があるだけだ。俺の思念を受け止められるのも、話しかけられるのも、大方は君の能力によるもので、他の人間で試しても駄目だった。至極稀《まれ》に、強く呼びかけると振り返る人間がいるが、こんなにまともに会話できたことは一度もない』

勝手に読む力はないというのは嘘で、実際には読めているのではないかと疑いたくなるほど、ミズチの答えは潤の疑問に即していた。けれどもなんとなく、今のは真実だと感じられる。単なる直感だが、自分に語りかけてくるミズチの表情が喜びに満ちているせいだ。思念会話ができる相手を見つけて嬉しい。そういう顔をしている。

「……可畏を、待たせてるし……早く帰らないとっ」

潤は約十歩先にいるミズチに聞こえるように、大きめの独り言を口にする。

初めて目にしたスピノサウルスの影、ミステリアスな雰囲気を持つ、オウッカミズチという名の竜人。確かに行き交った思念——驚くことが多過ぎて頭が混乱していたが、何よりも気になるのは、キャンピングカーの中で待っている可畏のことだった。


階段を駆け上がって地上二階のゲートを抜けてから、今度は外階段を駆け下り、走るに近い早歩きで駐車場に向かった潤は、雨の中を全速力で走るつもりでいた。

車両の大きさの関係で車が遠くに停まっていたため、とにかく急ぐ必要がある。

雨が降っていようと傘がなかろうと、なりふり構っていられなかった。

「——か、可畏……！」

屋根のない所まで来た瞬間、潤はアスファルトに立つ可畏の姿に目を瞠《みは》る。

降りしきる雨の中、彼は傘を差しながらこちらに向かってきていた。

体に合わせた大きな傘が、大粒の雨に打たれている。

改めて見てみると、視界から無意識に消していた暴君竜の影が聳《そび》えていた。

「可畏、なんで……なんでこんなとこに？」

一度は足を止めた潤は、すぐに走りだして傘の下に駆け込む。

お互いが吐く白い息が重なった。頭上からはバチバチと水音がする。

「迎えに、来てくれたんだ？」

「車がデカくて、ここまで寄せられない」

「それはわかってるけど、山内《やまうち》さんに頼むとかしなかったんだな」

「悪いか？」

そんなに驚かれるのは心外といいたげな可畏に、潤は慌てて首を横に振る。

傘の柄を持つ可畏の手を擦《さす》りながら、車に向かうでもなく見つめ合った。

潤の中に、今朝のヴェロキラに対する可畏の暴力や、スピノサウルス竜人に出会った衝撃が吹っ飛ぶほどの感動が起きる。

交際相手が雨に濡《ぬ》れないよう、彼氏が傘を手にして迎えに出るというシチュエーションは、普通の高校生カップルに置き換えれば驚くほどのものではないのかもしれない。けれども潤にとっては、目が潤むほど特別なことに感じられた。

「エへへ」

「——？」

「エへへへ」

「なんだその不気味な笑いは……気色悪いぞ」

「だって嬉しいじゃん？　顔、超にやける。うひゃってなる」

潤は頬の筋肉が痛むほど笑って、額を可畏の肩に埋める。

ほとんど頭突きに近かったが、それくらい思いきり甘えたかった。

ついて行けないと感じる時も確かにあるけれど、それでもついて来てよかったと思う。

自分の胸から渾々《こんこん》と湧く「好き」という感情が、脳に到達する頃には「愛してる」という言葉に育った。そのくせ口から出るのは妙な笑い声ばかりだ。

愛情表現は概《おおむ》ね体に任せて、擦り寄ったり抱きついたり、それだけは余念がない。

「おい、いつまで笑ってんだ」

「ごめんごめん、迎えにきてくれてありがとう。あと、遅くなってごめん。十分じゃきかないくらい待たせたよな？」

「GPSでお前の動きを見てた」

可畏は待ったとも遅いともいわずに、携帯を手にして画面を見せてくる。

移動中の車内で設定しておいたため、潤の携帯は可畏の携帯から探索可能になっていた。

アプリが表示するマップ上で、赤い丸と青い丸が仲よく重なっている。

「俺が可畏のとこに向かってるのを、見てたんだ？」

「ああ」

それが楽しかったから、許す――そういいたげな顔をしている可畏に寄り添いながら、潤は雨の中を歩きだした。冬の雨は冷たく、吐く息は白かったが、胸や顔は熱く感じられる。

キャンピングカーの前では、運転手の山内が傘を手に待ち構えていた。

主の可畏が雨の下にいるのに、自分が車内で待つわけにはいかなかったのだろう。

一つの傘で仲よく戻った潤と可畏の姿を見て安心した様子で、深々と頭を下げた。


「可畏、今日は凄く楽しかった」

寮に戻って夕食と入浴を済ませたあと、潤は改まって一日を総括する。

普通の人間ではない可畏と付き合うに当たって、潤はなるべくよいことだけを胸に刻むよう心掛けていた。

早朝に起きたヴェロキラとの血腥《ちなまぐさ》い出来事を始め、車内でも水族館でも思うようにいかないことはあったが、特に喧嘩することもなく携帯を買ったり水族館に行ったり予定通りに熟し、仲よく帰ってくることができた。

読み取ってしまった可畏の、森脇に対する『邪魔くせえ、死ね』という感情を思い起こすと鳥肌が立ちそうだったが、何かのきっかけでそう思ってしまうこと自体は仕方がない話だ。人間であれ竜人であれ、それを抑制できるかどうかが重要だと思っている。

「凄く……は嘘だろ。結局ろくに見れてねえし」

「それはそうだけど、楽しかったのはほんと。あんなに広くちゃ一気にじっくりは見れないし、シャチのショーが見れただけで今日は満足。可畏は魚の種類とか色々詳しいから、次は二人でゆっくり見る予定。それでいいだろ?」

潤はバスローブ姿でベッドに座り、炭酸水のボトルを手にして笑う。

なんとなく可畏の元気がないように見え、彼のテンションを上げたい気分だった。

朝のことを引きずっているのか、潤の友人と接触したことで思うところがあるのか、可畏が今、何を考えているのかわからない。

読心という特殊能力は突発的に働くもので、潤が望んだ時に発動するとは限らなかった。むしろ自分にそういった力があることを忘れている時に、不意に起きることの方が多い。

「部屋、暗くしたのに……ベッドに入らないのか?」

眠る時でもそれなりに明るい部屋で、潤はベッドマットを軽く叩いた。

暗いといいつつ大して暗くない部屋にも、可畏と同じベッドで寝ることにもすっかり慣れて、抱かれることにも抵抗がない。

今朝はヴェロキラの件があって何もしなかったため、夜は当然するものだと思っていた。

そもそも、何もしない夜など滅多にないくらいだ。

「あの森脇って男は、お前のなんなんだ？」

「……森脇？　え、友達だよ。普通に友達」

バスローブ姿で室内を歩いたりソファーに腰かけたりと、なかなかベッドに入らない可畏は、潤の答えに納得していない様子を見せる。

可畏が何を考えているのか、潤はようやく理解した。

竜人からすれば弱々しい人間の男など、どうでもいい、気にするまでもないという気持ちと、しかしなんだか気になるという本音。そしてそんな自分が情けなくて腹が立ち、イライラして落ち着かない精神状態──今の可畏は、非常に人間らしい感覚で心乱されている。

「他の二人とはお前に対する態度が違った」

「それは……前の学校にいた頃、森脇と一緒にいることが一番多かったから。ガタイいいから俺が変なのに絡まれたりすると助けてくれたし、中学も一緒だったし。そういうこともあって心配してくれてたんだと思う。何しろ俺、高三の二学期にいきなり転校しただろ？　親の都合とかならともかく、俺の場合は表向き深刻な理由がなかったし、ほんといきなりだったから。森脇には悪いことしたと思ってるよ。けどほんとにただの友達」

「ただの友達が、冷や汗搔《か》きながら竜人に歯向かうか？」

「あー……うん、無理して虚勢張ってる感じだったな。あれはたぶん、察してたからだと思う。可畏と付き合ってるのかって訊かれたから、『うん』っていっておいた」

「――っ、認めたのか？」

「隠すことでもないだろ？」

「俺はゲイじゃないとか、何度も否定してたはずだ」

「今でも自分がゲイだとは思ってないよ。『俺はゲイです』ってカミングアウトしたわけじゃないし、今後もするつもりはない。でも可畏と付き合ってるのは事実だから……誰が相手でも否定したくないと思ってる。それを自慢に思う気持ちも、自分でいって回りたい気持ちもある。だから今は余裕でいえるよ」

潤は握っていたペットボトルをサイドテーブルに置き、代わりに可畏の手首を握る。

天蓋ベッドの横に立つ可畏の顔を見上げて、「俺も結構変わったよ」と付け加えた。

生餌の二号ユキナリから、「覚悟なさ過ぎ」といわれたことが頭を過《よ》ぎったが、自分なりの覚悟を見せる。

暴力的で血臭漂う光景を平然と受け入れる覚悟はなくても、人と人として、可畏と向き合い、身も心も結ばれていたい想いは強かった。恋をして、一人の人をこんなに好きになれたことを幸せだと思う。

「俺の友達と、上手くやってくれてありがとう」

「上手くはねえだろ」

「十分だよ」

潤が笑うと、可畏は少々ばつが悪そうに口元を歪《ゆが》めた。

途中で立ち去ったとはいえ、かつての可畏と比べれば上等だったと潤は心から思っていたが、本人が目指していたのはより完璧な対応だったらしい。

「勝者は最後まで立ってる奴、或いは残ってる奴だ。背中を見せて逃げ去るのは負け犬だ」

潤に握られている左手を見下ろしながら、可畏は躊躇いがちに唇を開いた。

人間の森脇を相手に可畏が勝敗意識を持っていたのが意外で、潤は思わず苦笑する。

「俺、可畏が逃げ去ったなんて思ってない。実際そうじゃないだろ？　不快に思うことに必要以上に触れないのは正しい手段だ。金持ち喧嘩せずっていうし、賢いやり方だよ」

「不快になったのは、あの男が突っかかってきたからじゃねえ」

「――うん？」

「俺が知らねえことを、他の男が知ってるのが嫌だった」

「可畏……」

「俺がお前を知ってから、わずか三ヵ月半だ。たったそれしか知らねえ」

潤がそうしたのと同じように、可畏もまた、自分の気持ちを言葉にして伝えてくる。

何に対してどう感じたのか、それをこうしていつも話し合っていけたらいい。

勝手に想像を働かせて誤解することもなく、無駄に怒ることも悲しむこともなく、訊きたいことは訊いて、いいたいことはいって、これからも可畏と生きていきたい――心の底から湧き起こる想いに微笑みながら、潤はバスローブの腰紐を解く。

「時間より、密度のが大事だと思う」

洗い立ての肌を少しずつ晒《さら》し、肩から腹部まですべて見せた。

摑んでいた手首を鎖骨に引き寄せると、そのまま胸に触れられる。

女体のように膨らんでいるわけではなく、可畏のように隆々と盛り上がっているわけでもない、平坦で面白みに欠ける胸だったが、可畏にとっては価値のあるものだと知っていた。

自意識も自信も過剰でいられるくらい、愛されてきた胸だ。

「お前しか知らないことの方が、断然多いよ」

「――潤」

「最初で最後の男だろ?」

そう問うなり口づけられて、胸の突起を摘ままれる。

可畏の唇は最初から貪欲な動きを見せたが、指先は慎重に力を加えてきた。

やんわりと挟まれ、少しずつ引っ張られて、痼《しこ》った先端を指の腹で何度も撫でられる。

「ふ、ぅ……」

ベッドの上に押し倒されながら、潤は可畏の優しさに酔った。

今すぐ完全になるのは無理でも、いつかきっと、この優しさが外に向けられると信じたい。もちろん万人に対して恋人と同じように接しろとはいわない。それなりの優しさで構わないから、人間はもちろん竜人仲間にも無駄な暴力を振るわない、理想的な君主になってほしい。

「あ、ぁ……可畏……」

「――ゥ、ン……」

「あ……ッ！」

空いていた乳首に吸いつかれ、潤は足を広げて身を震わせる。

膝と膝の間に割り込む可畏の体は熱く、触れた所からじわじわと熱が移った。

こういう時の可畏の体温は高いな――と嬉しく思うや否や、潤はふと……サイドテーブルに置いたペットボトルに目を止める。

そこに閉じ込められた炭酸水は如何《いか》にも冷たそうに見え、ボトルは汗を掻いていた。

実際に冷たい炭酸水を視界の隅に捉えていると、巨大な水槽に潜んでいたスピノサウルスの影が脳裏に浮かんでくる。

――両棲恐竜の竜人って、なんとなく体温低そう。

可畏と、なんでも話し合って生きていきたい――今し方そう思ったばかりにもかかわらず、潤はスピノサウルス竜人オウツカミズチに会ったことを可畏に話せなかった。

ただ見かけただけなら話せただろうが、人型のミズチの思念を受け止めてしまったことで、可畏に対してどこか後ろめたい気持ちがある。

何より、森脇の件だけでも乱された可畏の心を、さらに乱したくなかった。相手は、見方によってはティラノサウルス・レックスを超える地上最大の肉食恐竜であり、そのうえ歳も同じくらいで、顔もスタイルも抜群の男だ。そんな相手と自分の恋人が思念で密かに通じ合ったと聞いたら、可畏じゃなくても不快になるだろう。

「……潤？」

ペットボトルを見ていたことに気づかれ、潤は焦って身を起こす。

どうかしたかと問われる前に、「ごめん、喉が渇いて」と先手を打った。

冷たく爽《さわ》やかな炭酸水を口にするものの、嘘をついたせいでますます罪悪感が増してしまい、気持ちは少しもすっきりしない。

ミズチの件は主に不可抗力で、自分がそれほど悪いとは思えないのに、何故こんな時に彼のことを思いだして気まずくならなければいけないのかと、少々理不尽に感じた。

「あ……っ、悪い、零した」

急いで飲んだせいで、炭酸水が顎を伝って零れ落ちる。

首筋を辿《たど》り鎖骨に向かっていくそれを、可畏は唇と舌で追いかけた。

「……ぁ、なんか、シュワシュワしてる」

「お前の肌、レモンの味がする」

「うん、果汁1%だって」

ペットボトルの中身が何故か妙に気になった潤は、可畏の頭を抱きながらキャップを閉め、ボトルをあえて床に置く。スピノサウルスとミズチの幻影を見えない場所に追いやることで、本来感じる必要のない罪悪感と、要らぬ雑念を払った。

「可畏……っ、ぁ……！」

零れ落ちた水滴を追った可畏の唇が下腹に届き、両膝を摑まれながら性器を舐《な》められる。

潤の体液を養分としても好んでいる可畏の口淫は、常に濃密なものだった。

このまま丸ごと食べられてしまうんじゃないかと、怖くなったこともある。

根元から強く、じゅうっと吸い上げられては先端の孔を舌で抉《こ》じ開けられたり、屹立《きつりつ》は疎か袋までくわえられ、中の物を肉厚な舌で包まれたりと、息をつく暇がない。

「は、ぅ……あ、ぁ……」

「――ッ、ン……」

口淫だけで達《い》きそうになった潤は、可畏が潤滑剤のボトルを開ける音を耳にした。

前立腺を弄られる快感を知る体が、勝手に反応して達くのをこらえる。

早く後ろに指を入れてほしくて、シーツに沈んでいた腰がひくついた。自分でも呆れるほどいやらしく変化した体は、可畏の指を求め、最後に与えられるペニスに期待を寄せている。

「可畏……っ、あ、ぁ……そこ……ぃ、い……」

奮い立つ性器を深く食まれたまま、後孔に指を挿入された。

可畏の指は太く長く、それでいて器用に動く。熟した内壁にねっとりと纏わりつくゼリーの力を借りながら、感じる所を的確に責めてきた。溶けるはずのない体内の痼が、可畏の指先で解され、バターのように蕩《とろ》ける気さえしてくる。

「ふあ、ぁ……っ、あぁ——ッ！」

絶頂の瞬間、潤は可畏の存在を確かめたくて彼の髪に指を埋めた。

顔を見ている余裕はなかったが、指先が髪質まで記憶している。

可畏によって搾りだされた体液が、可畏の血となり肉となり、そしていつかは今触れている髪にもなるのだと思うと、繋がる前から一体感を覚えた。

本来は少し恥ずかしい白い液を、ごくりと喉を鳴らして美味しそうに飲み干されることに、言葉にならない悦びを感じる。

「潤……」

「——っ、可畏……早く……」

身を伸ばして覆い被さる可畏の顔を見上げながら、潤はさらなる快楽を求めて強請る。

まったくないとはいえない二人の間にある溝が、セックスをしている間は埋まる気がした。

体で感じる以上にこの行為が好きで、今夜は特に必要性を感じる。

「あ、く……あ、ぁ……！」

最も好きな正常位で穿《うが》たれた潤は、可畏の背中を両手で引き寄せる。

「——ッ、ゥ……！」

ぎゅっと抱きつきながら、小刻みに突かれるのが好きで……こうしていると何も考えないで済む気がした。実際には、「俺達、大丈夫だよな？ これからも相談し合って一つ一つ問題をクリアして、ずっと一緒にいられるよな？」と、胸の内で可畏に語りかけていたが、抱かれている間はなんとも頼もしい声で、「大丈夫だ」といわれている気がする。

「ん、あ、ぁ……や、深い……っ」

「……潤……ッ！」

最初は加減していた可畏の動きが速くなり、奥をずくずくと突かれた。

性急な抽挿に息苦しくなりながらも、潤はより大きく足を広げ、可畏を迎え入れる。

「あ、可畏……っ、あぁ——ッ」

本当に何も考えられなくなる境地まで、このまま延々と突き上げてほしかった。

快楽の極みで意識が飛ぶ瞬間は、すべてが真っ白だ。黒もグレーもない。

一点の曇りもない白に染まり、可畏と二人で笑い合っていたかった。

《三》

熱く抱かれて夢心地になってみれば、直前までの得体の知れない不安感はなんだったのかと馬鹿らしく思えるほどで——セックスというものは、自分達の間に絶対に欠かせない愛情表現だとつくづく思い知らされる。

体は疲れて少々重かったが、潤《じゅん》の心はふわりふわりふわりと宙を浮いていた。

——なんだ、なんか……変な音が……。

最高の眠りを邪魔された潤は、真夜中に目を覚ます。

しかしまだ半分夢の中だ。睡眠を邪魔した音の正体はわからない。

ジー、ジー……と、機械的な音が連続して聞こえて、最初は単純になんだろうと思い、次の段階ではうるさく感じて、さらに次の段階で完全に目を覚ます。

——携帯……か？　そうだ、俺……携帯持ってるんだった。

隣室に置いておいた携帯電話が着信していることに気づくと、潤はたちまち焦りだす。

可畏《かい》は機械的な音で起こされるのが嫌いで、とにかく寝起きが悪かった。

下手をしたら今朝の二の舞だと思うと、背筋が寒くなる。

「……ん？　あれ？」

がばりと起き上がった潤は、可畏が寝ているはずの右側を見て驚き、すぐに左も確認した。

広いベッドのどこにも可畏の姿はなく、そうこうしているうちに携帯の振動が止まる。

――可畏は……隣の部屋か？　いや、違うよな。いる感じがしない。

普段は無視をするくせがついている恐竜の影を求めた潤は、室内に暴君竜の影がないことを確認する。可畏が外出しているとなると、こんな夜更けに携帯を鳴らしたのは可畏の可能性が高いと思い、急いで寝室の扉を開けた。

リビングやダイニングとして使っている隣室のテーブルの上で、携帯が再び振動する。

表示されているのは可畏の名前ではなく、寺尾台《てらおだい》高校三年の芝《しば》の名前だった。

色違いの携帯が横にあり、可畏が携帯を持たずに出かけたのがわかる。

「もしもし？　芝ちゃん？」

いったい何故こんな時間に芝が電話をかけてくるのか、可畏はどこへ行ったのか、あれこれ考える暇もなく受話ボタンを押した潤は、『ジュンジュン！　よかった、やっと出た！』と、耳が痛くなるほど大きな声で返される。いくらか明るい声ではあったが、芝らしい嬉々《きき》とした口調ではなかった。どちらかといえば安堵《あんど》の色が強い。

「すぐ出れなくてごめん。なんかあった？」

『それが大変でさっ、森脇が夜中にいなくなったらしくて、家の人がすげぇ心配してて』

「――いなくなった？」

『森脇に限って家出とか絶対考えらんないし、しかもこんな寒いのに何故か部屋の窓から抜けだしたらしくて、ダウンジャケットとか財布とか携帯とかなんにも持たずにいなくなったって。靴も履かずにだぜ。それですぐ警察に連絡したらしいんだけど、俺らにも連絡来たんだ。今日会ってたわけだし……なんか知らないかって。途中までジュンジュンが一緒だったこと森脇の親には話してないけど、一応確認しておこうと思って。まさかなんかあってそっちに泊まってたりとかしないよな？』

電話越しに届く芝の言葉に、潤は「いや、寮だし」とだけ答える。

心臓がどくりと大きく鳴りだして、嫌な予感しかしなかった。

森脇は柔道部の主将だった頃から彼女持ちで、部活後にデートをしたり潤達と遊んだりすることもあったが、親に心配をかけるタイプではない。成績も優秀で、一級建築士になるため、有名な建築学科がある静岡《しずおか》の私大に進むことが決まっている。

高三の後半になって多少気が緩んでいたとしても節度は守るはずだ。

そもそも靴も携帯も上着もなしに家を抜けだすなんて、まず絶対にあり得ない。

『靴がなくなってないってのは森脇のお母さんの勘違いで、ジュンジュンに会いたくて竜泉《りゅうせん》の寮まで行って、門前払いとかってことないかな？』

「それはないと思うけど……あ、ちょっと待ってくれ。履歴確認する」

潤は携帯電話を耳から離し、ロックを解除してから着信履歴を開く。

メッセージやメールも見てみたが、すべて芝が送ってきたものだった。

「なんにもない。もし森脇がこっちに来たとしたら、俺に連絡するよな？」

『だよなぁ……家に携帯忘れたから連絡できないとか？　うーん、やっぱ変だよな。けど森脇みたいな強そうなのが犯罪に巻き込まれるとも思えないし。一応、歴代彼女も当たってみる』

「連絡ついたら知らせてくれ。こっちで何かわかったらすぐ連絡する」

『うん、夜中にごめんな』

「いや、大変だと思うけど、よろしく」

芝との通話を終えるなり、潤は飛びだしそうな心臓の上に掌を当てる。

可畏と会った日の夜に、犯罪に巻き込まれたとしか思えない形でいなくなった森脇と、彼の発言に不快感を示していた可畏の不在——それらが単なる偶然であることを信じたかったが、日常と異なることが二つ同時に起きている以上、偶然ではない気がした。

——まさか……可畏が森脇を呼びだして、何かした？　連絡先は俺の携帯を見ればわかるし、パスワードは教えてある。いや、呼びだしたんじゃなく、襲って拉致《らち》した……とか？

手の中の携帯とテーブルの上に置かれた可畏の携帯を見ながら、潤は想像したくない光景を思い浮かべる。考えられるパターンはいくつもあった。

潤が眠っている隙に可畏が森脇の連絡先を見ることは容易《たやす》く、森脇の性格からして、可畏に呼びだされたら指定された場所に行くだろう。上着や靴がなくなっていないとしたら、もっと強引に拉致した可能性が高い。可畏の立場なら、自らは動かずに誰かに命じて森脇を捕らえることが可能で、監禁する場所や人材には困らない。森脇は人としては屈強だが、竜人の力とは比べようもないのだ。

「可畏……っ」

どうか何も起きていませんように。森脇の件は何かの勘違いが積み重なったもので、無事で親に叱られる程度で済んで、可畏のことは無関係でありますように——切に祈りながら、潤はガウン姿でクローゼットに駆け込む。いったいどこに行ったらいいのかわからなかったが、大急ぎで制服に着替えた。

傘を手に第一寮から外に出ると、暗い雨空と竜泉学院の広大な敷地が広がって見える。念のためコートを着てきたものの、引き返してもう一枚何か着込みたいほど寒かった。白い息を吐きながらいくつかの建物に目をやるが、夜の間は恐竜の影が密集していて、一つ一つを見分けられる状態ではない。静かに降る霧雨も邪魔して、可畏の行方を影で知ることは困難だった。

——まさか灯台下暗しで、生餌《いきえ》の人達の部屋にいるとか……そんなことないよな？

潤は第一寮から少し離れた所で、来た道を顧みる。

第一寮の最上階は天井が異様に高く、生餌の誰かの部屋に可畏がいたとしても、外観からはわかりにくい。見上げたところで無意味に終わるが、潤は胸の奥に疼《うず》きを感じた。

可畏が森脇に危害を加えるために出かけたと考えるよりは、生餌のユキナリらと関係を持ち、いわゆる浮気をしている方が余程ましだと思ったが、そう思ったのはわずか数秒間のことで、やはり嫌でたまらなくなる。

どちらがましということはなく、どちらも酷く嫌だった。

——あとになったらただの人騒がせって感じの、なんでもない話であってくれ。森脇は親に見つからないよう隠しておいた靴と上着を使って窓から抜けだしただけで、実は自分の意思で女の子の所に泊まりに行ったんだったらいい。携帯と財布は忘れただけで……特に深い意味はないんだ。可畏は夜中に目が覚めて、ただなんとなくそこら辺を散歩したくなったとか、それだけのことであってくれ！

願えば願うほど現実とは違う気がして怖くなった潤は、踵《きびす》を返して第一寮に足を向ける。

敷地内にいるとは限らない可畏を当てもなく捜す前に、側近のヴェロキラに所在を訊《き》くべきだと考えた。知らなかったとしても、頼めば一緒に捜してくれるだろう。

「——御愛妾《ごあいしょう》の方ですか？」

第一寮に戻ろうとした潤は、背後から聞こえた声に振り返る。

黒いロングコートを着た大学生らしき男が立っていて、ビニール傘を手にしていた。

中肉中背で、いかつい顔をした男だ。大学生ということは年上の先輩に違いないが、可畏の愛妾として知られる潤にぺこりと頭を下げ、遜《へりくだ》った態度を取っている。

「そう、いわれてる者ですけど」

御愛妾という呼び方を否定したくなる潤だったが、しかしそんなことをいっている場合ではなかった。滅多に見かけない大学生がわざわざ声をかけてきた意味について考え、何か情報を得られるのではと期待する。

「急に話しかけてすみません。竜嵜《りゅうざき》会長が大学部の体育館に行くのを見かけて、こんな時間になんだろうと思ってたら、今度は貴方《あなた》を見かけたもので」

「体育館？　可畏は体育館に行ったんですか？」

「はい。地下室に続くスロープを下りていかれたので、たぶんトレーニングルームか更衣室を使われてるんだと思います。珍しくお独りで行動されてました」

「地下室？」

「はい、お独りで地下室へ」

潤は驚きながらも、意図的に大学生が背負う影を見る。

これまで会ったことがない種の竜人だった。

恐竜図鑑を見て一度は覚えた気がしたが、よくわからない。少なくともメジャーな恐竜ではないうえに、今は集中できないため明瞭《めいりょう》には見えず、本人に訊く気もしなかった。

「ありがとうございました。行ってみます！」

潤は彼に礼をいうなり、大学部の体育館に向けて走りだす。

一刻も早く可畏の所に行き、疑いを晴らしたかった。

体育館にどんな用事があるのかわからないが、セックスだけでは拭いきれなかった苛立《いらだ》ちをトレーニングにぶつけ、汗を掻いてストレスを発散しているとか、そういった平和的な結末を祈る。

――可畏……大丈夫だよな？　森脇とは関係ないよな？

寒さを感じられないほど緊張しながら、潤は大学部の体育館を見上げる。

正面に無数の硝子《ガラス》扉があり、その横には地下に続く幅の広いスロープがあった。

大型商業施設の地下駐車場入り口を彷彿《ほうふつ》とさせる、広々とした空間だ。

潤はスロープの端にある階段を利用し、転がるように駆け下りた。

可畏は嬰児《えいじ》の頃に地中に埋められたトラウマを持っているため、地下室にいると聞いた時は違和感を覚えたが、これくらい開けた入り口なら納得できる。

――可畏……どこにいるんだ？

地下一階に下りた潤は、傘立てに傘をかけ、硝子の扉を開けてから靴を脱いだ。

ひんやりとする廊下を進みながら、「可畏?」と何度か声をかけてみる。

しかし反応はなく、自分の声ばかりが反響した。

潤がまず向かったのはトレーニングルームだったが、照明は緑の非常灯しか点《つ》いておらず、静まり返っている。次に向かったのは更衣室で、ここも暗い。ただし、無数に並んだ背の高いロッカーの向こうに、明かりが点いている一角があった。

「可畏?　そこにいるのか?」

潤は更衣室に足を踏み入れ、光の方へと向かっていく。

照明が点いているのはバスルームだった。磨り硝子で囲まれていて、扉は開いている。

水滴が落ちるピチョーン、ピチョーンという音が、やけに大きく耳に届いた。

その音に近づけば近づくほど、心臓がけたたましく騒ぐ。

「――う……!」

バスルームの中を覗《のぞ》いた途端、潤は低く呻《うめ》いて立ち尽くす。

タイル張りの床は濡《ぬ》れていて、水に薄まった血が広がっていた。

バスルームの中央には、荷造り紐で拘束された大柄な男が倒れている。

可畏ではないことは、体格ですぐにわかった。何よりぴくりとも動かず、息をしているとは思えない。男の頭には粘着テープで固定されたブルーのポリ袋が巻きついていて、顔も髪型も判別できなかったが、見覚えのある服を着ていた。間違いなく、寺尾台高校のジャージだ。

「……っ、も、森脇……？」

違ってくれ、どうか違ってくれと願いながら、潤は踏みだせずに扉の枠を摑《つか》んだ。駆け寄りたくても体が動かず、無理に歩こうとすると膝から崩れかける。

森脇が死んでいる。可畏が殺した――そう捉えるなり吐き気が込み上げ、口を塞いだ。目の前で人間が死んでいる。拘束され、不当な暴力を加えられ、血を流して、中学時代から仲のよかった友人が死んでいる。恋人が、友人を殺した。

自分に関わったせいで、なんの罪もない人間が殺されたのだ。

「う、あ……」

「……ッ……」

信じ難い衝撃に打ちひしがれた潤は、口から漏れた声とは別の呻き声を耳にする。

視界の中で、森脇と思われる男の膝がわずかに動いた。

その瞬間、潤の体には一気に力が湧いてくる。

「森脇！」

靴下のみの足でバスルームの床に下り立ち、倒れている男に向かって走った。

生きていると知っただけで、彼の体に触れることも、血に触れることも抵抗はなくなる。

死体という物の恐ろしさを痛感しながら、潤はまだ息のある男の頭からポリ袋を取り去り、隠されていた顔を検《あらた》めた。

「森脇……っ、森脇！」

声をかけても意識がなく、瞼《まぶた》を閉じたままだったが、確かに森脇篤弘《あつひろ》だった。

頭部から血を流しているうえに、ぐったりと力なく倒れている。

揺さぶってどうにか起こそうとした潤は、そうする寸前に手を止めた。

頭に怪我を負った人を動かしてはいけないことを思いだし、すぐに救急車を呼ぼうとする。

「森脇……っ、しっかりしてくれ……今、救急車呼ぶから！」

最初は死体に見えた森脇が生きていたことで、潤は安堵に目を潤ませた。

安心するのは早いとわかっていたが、生きていれば希望は持てる。

可畏のことは一旦忘れるよう努め、今はとにかく救急車を呼ぶことを最優先した潤は、まだ手に馴染まない携帯電話を取りだした。ずしりと重たいそれを左手でしっかりと握り、ロック画面の左下に常に表示されている『緊急電話』の文字を押す。

「――あ……！」

震える指先で1を押した途端、背後から大きな手が伸びてきた。

浅黒い肌をした、よく知っている手だ。携帯を掴まれ、瞬く間に奪われてしまう。

「可畏！」

振り返った潤は、予想通りの姿に絶望する。

可畏は上半身裸の状態で制服のパンツを穿《は》いていて、割れた腹筋には血飛沫《しぶき》を浴びた痕跡があった。すべては何かの間違いで、森脇を傷つけたのは可畏ではないと思いたかったが、彼は潤の希望を裏切るように携帯電話を放り投げる。

「可畏……っ、なんで……なんでこんなこと！」

携帯電話がバスタブに沈むのを横目に、潤は可畏の顔を睨《にら》み上げた。

森脇の発言に腹を立て、殺意まで抱いても、それを理性で抑えたと思っていたのに——肌を合わせることで心を通わせ、共に過ごした時間の長さよりも深く濃いものを感じ合ったと……そう信じていたのに、結局、竜人は竜人なのだろうか。

人間と恋をしたり、人間同様に親殺しの罪に苦しんだりすることはできても、やはり恐竜の遺伝子を持った人ならざる者なのだ。その暴力的な本能に打ち勝つ術《すべ》はなく、可畏は己の中に眠る野性に負けてしまった。そして今も反省はなく、森脇を助ける邪魔をしている。

「お前のこと、信じてたのに！」

バスルームに悲痛な声を響かせながら、潤はバスタブに駆け寄った。

コートの袖を湯の中に突っ込み、肩まで沈めて携帯を引っ掴む。

画面は先程と変わらず、1が押された状態になっていた。

「あ……っ、やめろ……！　返せ！」

再び迫ってきた可畏に携帯を奪われ、潤は「頼むから！」と泣き噎《むせ》ぶ。

涙の膜の向こうにある可畏の顔には、意外なほど明確な苦痛の色が見えた。

平然とこうしているわけではない。反省がまったくないわけではなかったのだ。

しかしそれは表情が物語っているだけで、行動に移されることはない。

「可畏……返してくれ……っ、頼むから……なんでもするから、今すぐ救急車を呼んでくれ！

森脇は普通の人間なんだ！　俺みたいに怪我がすぐ治る体じゃない！」

潤は可畏の脚に縋《すが》りつき、まともに立ち上がれない体で必死に手を伸ばす。

自分が泣こうと喚《わめ》こうと、可畏自身がどんなに悔もうと、やってしまったことは消せない。

時間は戻せないが、せめて命だけは助けてほしかった。ここで諦めて森脇を死なせることは
決してできず、「頼むから助けてくれ！」と、声を嗄《か》らして叫ぶ。

「――っ、う……ぐ……ぅ」

悲しげな可畏の顔が至近距離に迫るや否や、腹部に重たい衝撃が走った。

世界がぐらりと回りだす。

腹に埋まり込んでいるのは、紛れもなく可畏の拳だった。

回転性の眩暈《めまい》に襲われる中、潤は1に続けて押さなければならない1と9を思い描く。

可畏の顔も血塗《まみ》れの床も、青ざめた森脇の顔も、すべてが一つの闇になって、そこに三つの
数字が浮かび上がった。押したくても押せない数字は、やがて闇に呑まれていく。

森脇を助けられなかった――そう自覚するなり気が遠くなり、潤の意識も闇に呑まれる。

最後に耳にしたのは、静寂に響く水音だった。

《四》

眠りから覚める寸前、潤は怖い夢を見たのだと認識し、ほっとした。

嗅覚を擽《くすぐ》るいい匂いと、少々重たく暖かい布団が安心感を齎《もたら》してくれる。

最初に感じたのは美味しそうな味噌汁の匂いで、そのあとすぐに聞き取ったのは、木のまな板と包丁が規則的にぶつかり合う音だった。子供の頃によく見ていた料理番組を思い出すほど、トントンと小気味よいリズムを刻んでいる。

ガスコンロの火が消され、調理器具が置かれる音がすると、「あ、呼ばれる」と思った。母親の声で、「ご飯できたわよー」と声をかけられるに違いない。もたもたすると、口調はたちまち苛立ったものに変わるだろう。だから早く起きなければと思った。

「——あ……」

瞼《まぶた》を開ける寸前、潤は大きな違和感に気づく。母親がいるわけがないのだ。

竜泉学院に転校してからは寮生活をしているし、そもそも父親の死後は母親が多忙になり、作り立ての味噌汁が朝から出てくることはなかった。飲みたければ自分で作るしかない。

――ここ、どこだ？　俺、体育館の地下にいたんだよな？

最後にいた場所は更衣室から続くバスルームで、床には血が広がっていたはずだ。

しかしここはまったく違う。視界に飛び込んできたのは、見慣れない和室だった。

如何《いか》にも日本家屋といった風情の格天井《ごうてんじょう》に、細工の凝った欄間、床の間、砂壁、襖《ふすま》、障子。

広さは十畳以上、二十畳未満といったところだ。どこかの温泉旅館にでもいるのかと思ったが、そうではなかった。ここにはもっと生活感がある。

――まだ夢でも見てるのか？　なんか、可畏と結びつかない部屋だし。

朝の光を透かす白い障子には、同じ素材のシールが何枚か貼ってあった。障子に空いた穴を誤魔化すための物だ。反対側を向くと、古びた襖の向こうから人声が聞こえる。

ぼそぼそと遠慮がちに小声で話したり、くすくすと笑ったりしていた。

高い声から母親と妹の顔を思い起こしたが、実際には子供の声だ。

『目が覚めたか？』

布団から完全に抜けだした瞬間、まるで見ていたようなタイミングで声をかけられる。

慌てて周囲を見渡すものの、部屋の中には誰もいない。

冷静になってみると、耳で聞いた声ではないことに気づく。頭の中に直接、聞き覚えのある声が届いたのだ。思念とでも呼ぶべきそれは、水族館で会った男のものだった。

――オウツカ、ミズチ……スピノサウルス竜人！

スピノサウルスの巨大な影と、アッシュブロンドの学ラン男の姿を思い浮かべた潤は、襖に駆け寄って勢いよく開く。

ここはいったいどこなのか、何故スピノサウルス竜人の声が聞こえるのか、考えてもわからないことを考えるのはやめて、すぐに結論を求めた。

「……え?」

パーンと音を立てながら襖を開けた潤は、目の前に広がる光景に呆然《ぼうぜん》とする。

一瞬タイムスリップでもしたのかと疑いたくなるような、昭和的な食卓が目の前にあった。

色褪《あ》せた畳に置かれた座卓を囲む、制服姿の子供達——おそらく小学校低学年の児童らが、男子五人、女子一人いる。

座布団に座りながら箸を配りつつも、六人揃って潤の方を見ていた。

彼らの後ろの壁際には、ランドセルと弁当袋が六個ずつ並んでいる。

一見平和ではあるが、どう見ても家族の団欒《だんらん》風景ではない。

ドラマの中ですら見たことがない、奇妙な光景だ。

「おはようございます」

男児の一人が挨拶を口にすると、ほぼ被るように他の五人も続けて挨拶をする。

やはり夢かと目を疑っていた潤は、反射的に同じ言葉を返した。

「ちゃんと挨拶できたな。偉いぞ」

頭の中に届いた声と同じ声が、今度は耳から入ってくる。

潤は声の持ち主がオウツカミズチであることを確信しつつ、居間から続く土間を見た。

キッチンと呼ぶよりも、台所や、むしろ御勝手と呼ぶのが相応《ふさわ》しい雰囲気の土間の台所に、白シャツにエプロンをかけたオウツカミズチが立っている。

学ランの上着は着ていなかったが、どうやら制服姿のようだった。

細身の黒いパンツを穿き、踵《かかと》を潰したスニーカーを土間用のサンダル代わりにしている。

髪はアッシュブロンドで、シャープな眉の下にブルーグレーの瞳が光を湛えていた。

彫りの深い顔と整った鼻筋、無駄のないフェイスラインから筋肉質な上体にかけるラインは、完璧過ぎて文句のつけようがない。

「あ、あの……これは？　ここは？」

印象的なミズチの姿から視線を逸らした潤は、再び居間に目を向けた。

しかし視覚以上に嗅覚が働いてしまい、腹の虫がぎゅるぎゅると鳴りそうになる。

味噌汁の匂いは布団の中で感じた以上に魅惑的に感じられ、他にも、炊き立て御飯の匂いや柚子《ゆず》の香りに食欲を刺激された。

「おはよう。先日名乗ったが、俺は竜泉学院の兄弟校、彗星《すいせい》学園の生徒会長を務めるオウツカミズチだ。飯ができたんで、説明はあとにして食ってくれ。トイレや洗面所を使うならそこの扉を開けて左に行ったところだ。歯ブラシとか色々、旅館にあるようなやつを出してある」

「——あ、う……うん。じゃあ、お借りします。あ、どうぞ先に食べててください」

何がなんだかわからないまま、潤は会釈しつつ扉に向かう。

ここはどこなのか、どういう状況なのか、今すぐにもミズチの胸倉を摑んで聞きたかったが、エプロン姿で味噌汁を椀《わん》に注ぐ彼の姿に毒気を抜かれてしまった。

何より、子供と朝の食卓という組み合わせが平和に思えて、ぎゃんぎゃんと喚《わめ》き散らす気が起きない。

——これ、夢じゃないよな……現実だよな？　可畏はどこにいるんだ？　森脇が拉致されて可畏に暴力を振るわれたのは、夢か？　そうだよな、あれは絶対……ただの悪夢だ。

肌寒く暗い洗面所に足を踏み入れた潤は、照明のスイッチを入れて洗面台の前に立つ。

旅館というより、林間学校で行った山の中の宿泊所といった風情で、鏡のついた水飲み場が横長に延びていた。そのうちの一つに、歯磨き粉のミニチューブが入った使い捨て歯ブラシや、ポリエチレンの袋に入った新品のタオル、洗顔フォームが置いてある。

——なんか、凄《すご》く普通だ。普通なんだけど、おかしい。

鏡に映る顔に深い縦皺《たてじわ》を見出した潤は、水しか出ない洗面台で両手を濡らした。

着ているのは浴衣《ゆかた》で、いつも以上に寝癖が酷いが、特に変わった様子はない。

何故か知らない和室にいた自分、可畏の不在、オウツカミズチと六人の小学生男女という、あまりにも謎の多い状況の答えが一刻も早く欲しかった。

慌ただしく居間に戻ると、子供達は座布団の上に正座しながら朝食を摂っていた。箸の使い方を含め、かなり厳しく躾《しつ》けられているのだろう。年齢のわりに行儀がいい。ミズチだけは潤を待っていて、まだ手をつけていなかった。

そのことに気づくなり、潤はまたしても毒気を抜かれる。「後回しと言わずに、食べながら説明してくれ！」と要求できなくなってしまった。

「飯を装《よそ》ってくる。適当に座ってくれ」

「あ、どうも」と答えた瞬間、潤はこれまで無視していたものに突然気づく。

ミズチが土間に下りることで動く巨大なスピノサウルスの影——その影とは比較にならないほど小さいながらも、六体の恐竜の影が見えた。

視界の多くを占めているため一体一体の形を判別するのは難しいが、恐竜の影なのは間違いない。つまり、この子供達も竜人ということだ。

「味噌汁には鰹《かつお》だしを使ってない。昆布だけだ。具は大根とワカメのみ」

空いている座布団にぺたりと座り込んだ潤は、出された食事を黙って見下ろす。

座卓に並べられた純和風の食卓には焼き魚がお似合いだったが、実際に用意されていたのは和風ハンバーグのような物だった。大根おろしと大葉がたっぷり載っている。

「それは豆腐のつくねだ。動物性の物は一切使ってない。それなら食えるんだろ？」

「食える、けど……なんで俺の食の好みを知ってるんだ？」

「可畏から聞いてるからだ。竜泉ではアボカド王子と呼ばれてるそうだな」

ミズチの言葉に、子供の一人が「王子？」と反応し、他の子供達も「王子様なんだ？」と、興味津々《しんしん》な顔をして、さらには「アボ……アドって何？」と、潤に向かって質問した。

「え……っと、アボカドな。わりとなんにでも合う甘くない果物で、栄養たっぷりだからベジタリアンには欠かせない食材なんだ。王子っていうのは嘘だよ。ただの渾名《あだな》」

潤が答えると、紅一点の女児が「ほんとに王子様みたい」と、頬を赤らめながら呟《つぶや》いた。男子から、「なんだよ、こういう人がタイプなのかよ」と茶化されて「悪い？」ときつめに返して外方《そっぽ》を向く辺りは、人間の小学生と大差ない。

「あのさ……可畏と、どういう関係？　あと、この子達は？」

潤は子供達を間に挟みながらミズチと顔を見合わせ、問いかけつつ箸を手に取る。

「いただきます」といって味噌汁の匂いを嗅ぐと、本当に鰹の匂いがしなかった。

ミズチの言葉を信じて口をつけるなり、ほっと息をつきたい心地になる。

普段食べ慣れない味の味噌だが、こくがあって味も香りもよかった。

「この子らは彗星学園の生徒で、週ごとに交代であちこちの家を回りながら暮らしてる。今日までは俺の所で、学校が終わったら次の家に帰る予定だ」

ミズチは子供達に関する質問には答えたが、可畏との関係については答えない。

それは子供達の前では話したくないことなのかと思い、潤はこの場で追及するのを控えた。

「彗星学園って、小学校からあるのか？」

「いや、保育園から高校までだ」

「保育園から？　幼稚園じゃないんだ？」

「ああ、保育園だ。子供は皆で協力して育てる方針を取ってる」

「そうなんだ？　待機児童問題とかなさそうでいいな。じゃあ、高校卒業したら人間の大学に行くのか？　あ、そんなことしなくても竜泉があるか」

「大半は結婚して子作りに励む。大学に行く者はいない」

潤は「兄弟校なのに？」とだけ返し、豆腐つくねを箸で切った。

ポン酢がたっぷりかかった大根おろしと、細く切られた大葉を添える。

ぴかぴかの炊き立て御飯と一緒に食べると、口いっぱいに素材の甘みと旨《うま》みが広がった。

普通なのか異常なのか決めかねるシュールな状況ではあったが、子供と一緒に温かく美味な食事を摂ると気持ちが落ち着く。

何はともあれ暑くも寒くもない快適な室内で食事にありつき、言葉が通じる相手が目の前にいて、「説明は後回し」と、つまりは「あとでちゃんと説明する」といわれているのだから、今はひとまず普通に食べておいた方がいいと思えた。

「このつくね凄く美味しい。ひじきとクワイが入ってるし。これ、手作り？」

「俺が作った。口に合ってよかった」

「そうなんだ？　俺、ベジタリアンだから豆腐ハンバーグやつくねは定番なんだけど、自分で作るより断然美味い。レンコンは入れてもクワイは入れたことなかったな」

「軟骨の食感がないからな。それを補うためだ」

「じゃあ、ほんとは肉食？」

　そりゃそうだよなと思いつつ訊くと、ミズチは箸を止めて子供達の顔を見回した。

「俺達は全員、魚食の竜人だ。たまには肉も食べるが、基本は魚が中心だ」

「……そう、なんだ」

「カイオウ様はね、潤さんが来るからセーシン料理を作ったの」

　斜め前に座っていた女児の言葉に、潤は意味もわからずに笑顔を向ける。

　ミズチは生徒会長だと聞いていたので、「会長さん」の間違いかと思ったが、続いた男児も「カイオウ様は料理上手なんだよ」といったので、ミズチのことを「海王様」と呼んでいるのだとわかった。

　全員が魚食で、ミズチが極端に大きいスピノサウルス竜人であることを考えると、そういう呼び方をしていても不自然ではなく思える。

「セーシン料理じゃない。精進料理な。ショウ、ジン、料理。いってみ」

　ミズチが正すと、子供達全員が「ショウッ、ジンッ、料理！」と復唱して笑いだした。

　それを見守るミズチもまた、「ちゃんと覚えとけよ」といって笑う。

――なんなんだろう、この人達……同じ竜人なのに可畏のことと全然違う。スピノのこと、海王様って呼んでるんだよな？　そのくせ親戚のお兄ちゃんに接するみたいな態度。そもそも明らかに強そうなスピノに食事作ってもらってるし、どうなってるんだろ。

潤は戸惑いながらも食事を続け、先に食べ終えた子供達は空気を読むかのように席を立つ。食器を台所に持っていき、慣れた様子で分担しながらてきぱき洗うと、ランドセルに弁当を詰めて「行ってきまーす」と元気に出かけていった。

「あれ……学校って、彗星学園てこの近く？」

居間が静かになると同時に、潤は微《かす》かに聞こえてくる波音に気づく。

竜泉学院の近くに海はなく、知っている限り彗星学園という学校名は聞いたことがない。自分はもしや地元からだいぶ離れた場所にいるのではと不安になったが、潤の不安の原因はそのことだけではなかった。子供達が一斉にいなくなって、ミズチと二人きりになったせいもある。こんな状況を可畏が知ったらと思うと、どうにも落ち着かなかった。

「校舎は一キロほど先だ。もうすぐ鐘が聞こえてくる。俺は遅刻だな」

「波の音が聞こえるけど、ここってどの辺？」

横浜《よこはま》や川崎《かわさき》辺りだったらいいなと思いつつ訊《たず》ねると、「キリカゲ島だ」と即答される。

「キリカゲ島？」

「霧に影と書いて霧影島。伊豆大島《いずおおしま》の近くにある水竜人の島だ」

「……伊豆大島って、静岡《しずおか》の伊豆大島⁉︎」

「伊豆大島は静岡の近くだが、東京《とうきょう》だ。ここは水竜人のみが住む小さな島で、ほぼ一年中霧に覆われている。湿度が高く、他の竜人以上に水を必要とする俺達には過ごしやすい。何より、水竜人には海が必要なんだ」

「ちょ、ちょっと待ってくれ。なんで？　俺は竜泉学院にいたはずなのに、なんだって突然、多摩《たま》市から静岡の近くまで来てるんだ？　あ、寝てる間にヘリで移動させられたとか？」

「可畏からお前を預かった。しばらく面倒見るようにってな」

「──は？」

移動手段について答えなかったミズチは、そのまま黙って味噌汁の椀に手を伸ばす。

続きは食後だといっているかのように、室内の空気がしんと静まり返った。

波音だけが聞こえる中、潤は「どういうことだ？」と身を乗りだす。

「飯が不味くなるような会話は嫌いなんだ。作り手としては美味しく食べてほしい」

「そ、それはわかるけど」

俺には食事どころじゃないんだよ──といいたい気持ちを抑えた潤は、ミズチが食べている物と自分の前にある食事を交互に見て、一旦肩の力を抜いた。

ミズチは魚食でありながら完全なベジタリアン向けの食事をわざわざ作り、一品も違わずに潤と同じ物を摂っている。先程までいた子供達も、それに付き合った形だったのだ。

「じゃあ、食後にお願いします」

ミズチが「ああ」と答えたので、潤も再び食事を続ける。

柚子が香る白菜の漬物と、噛《か》めば噛むほど甘みが増す白米を咀嚼《そしゃく》しながら、このあと控えているのが、「飯が不味くなるような話」であることに遅れて気づいた。

ミズチは二人分の食器を淡々と片づけたあと、緑茶を淹《い》れて潤の斜め隣に座る。

メモ用紙を座卓に置いてペンを走らせ、『汪東蛟《おうつか》』と書いた。

「難しい字だな、これでオウツカミズチって読むんだ？」

「ああ、汪東家はアジアに生息する唯一のスピノサウルス一族で、当主は海王と呼ばれてる。スピノは特殊能力と知能、それと戦闘能力が他の水竜人よりも優れているといわれ、水竜人の群を率いてはいるが、それらしかったのは昔の話だ。今は名前ばかりのものだと思ってくれ。一応霧影島と彗星学園の所有者で、生徒会長兼まとめ役でもある」

「え、島と学校の所有者なのか？　まだ十八とかだろ？」

「小さな島だ。学校も小さい」

潤は「それでも凄いな」と返しつつ、彼の親がすでに他界していることを察した。

なんとなく女っ気のない家だと思ったが、おそらく父親もいないのだろう。

「因《ちな》みに水竜人は竜人の一種で、陸の竜人と比べると数が少ない」

「そう、なのか……陸の竜人とは、悪い関係じゃないんだよな？」

「ああ、日本に生息する水竜人は俺達だけで、竜寄家と同盟関係を結んでる。実際にはこれといって深い繋《つな》がりがあるわけじゃなく、不戦の約定《やくじょう》を結んでるってだけだ」

「兄弟校があることも、水竜人の存在自体も可畏から聞いてなくて、全然知らなかった」

「兄弟校というのも名ばかりで、竜泉学院とは規模が違うからな。水竜人のことも彗星学園のことも、目に入ってないんだろう。普段は存在すら忘れてるはずだ」

「――でも、可畏は俺を……汪束さんに預けたんだろ？」

「蛟でいい。同じ高三だ」

「あ、うん。じゃあ俺のことは潤でいいよ。沢木《さわき》でもいいけど」

潤はだいぶ落ち着いたものの、「飯が不味くなるような話」に向かっていくことを恐れて、座卓の上の湯呑を両手で包み込む。掌を十分に温めてから、緑茶を少し口にした。

深呼吸がてら一息つくと、波音よりも大きな始業の鐘が聞こえてくる。

「可畏がお前の友人に何をしたか、その目で見たのを憶えてるか？」

蛟に問われた途端、潤は全身に氷水を浴びたような冷感に襲われた。

食い入る目で自分を見ている彼が何をいったのか、考えるうちに肌が粟立つ。

あれはただの悪夢ではなかったのか。そう信じていたのに、実際には違うのだろうか。

「……っ、夢じゃ……ないのか？　森脇は、本当に……可畏に？」

竜泉学院の体育館の地下、暗かった更衣室、明かりが点いていたバスルーム。血に染まったタイルの床、水滴が落ちる音。意識朦朧《もうろう》としていた森脇と、返り血を浴びた可畏――。

「嘘だ！　そんな、あれが現実なら……森脇は⁉　森脇は今どうしてるんだ⁉」

ショックのあまり前のめりになった潤の手は、意図せず湯呑に当たる。

ガッと音を立てて倒れた湯呑の中から、熱い茶が一気に零れた。

座卓の表面を駆け抜けて端から落ち、その下にある潤の腿《もも》に向かう。

浴衣に包まれた腿を引く余裕はなく、潤は条件反射で鋭い熱を感じた。

「あ、つ……ッ」

声を上げると同時に後退するが、感じる熱さに反して、目が捉えたのは妙な光景だった。

座卓から垂れた薄緑色の湯の柱が、宙で止まって氷柱《つらら》のように固まる。

そうかと思うと逆流を始め、座卓に上っていった。

広がっていたはずの茶は次第に細い水流を描き、倒れた湯呑に向かう。

動画の逆再生か、手品でも見ているようだった。

重力の法則に逆らった茶は、蛟が起こした湯呑の中に一滴残らず戻る。

座卓の表面は乾き、緑茶の粉末が少しだけ残っていた。

腿に走った熱感は錯覚で、潤の体に変化はない。

「な、何……今の……っ」

「これでも一応海王だからな。多少の覆水は盆に返せる。友人の身を案じて興奮する気持ちはわかるが、気をつけないと火傷するぞ」

「──火傷、したっていいんだ。俺は火傷したってしばらく我慢すれば治る！　けど、森脇は違うんだ！　普通の人間だから、怪我したら痛みは長く続くし、酷い傷痕が残ることもあれば後遺症に苦しむこともあり得る。可畏が森脇に暴力を振るったら、それはなかったことにできないんだ。今みたいに取り返せる話じゃない！」

あれは夢ではなく現実だったのだと思うと、座っていても眩暈がした。

恋人の友人であり、過去の話を此見よがしにアピールしてきた森脇に対して、可畏が苛立ち、不快感を示すのは理解できる。

それは人間社会でも起こることで、自分が逆の立場でも腹を立てただろう。

しかし可畏は激昂《げっこう》せずに冷静さを保ち、理由をつけて森脇の前から立ち去った。

そのことに、可畏の人としての成長と、自分への歩み寄り、何より愛情を感じた気持ちが、今は行き場を失っている。

あれはいったいなんだったのか──さすがにその場では殺せないから、一時的に我慢したというだけで、夜になったら秘密裏に襲って拉致《らち》し、弱者である人間をあんな目に遭わせるのが可畏の本性なのだろうか。それが人間社会に上手く紛れて生きる肉食竜人の流儀だというなら、この先、可畏について行くことはできない。

「森脇は……森脇はどうなったんだ？　生きて、るのか？」

潤は浴衣の裾をぎゅっと握り締め、最も肝心なことを心して問いかける。

森脇が生きていたとしても可畏を許すことはできないが、もしも死んでいたら、本当に……完全に、一片の可能性もなく無理だと思った。たとえどんなに反省していたとしても、二度としないと真摯に誓われたとしても、信用できない。森脇を襲ったのは暴君竜の本能で、可畏の努力ではどうにもできないことなのだとしても、到底受け入れられない話だ。

「心配要らない。今は人間の病院に入院してる」

「――っ、ほんとに？　怪我の具合は⁉　意識はあるのか⁉」

「意識も戻ってる。全治二ヵ月ほどの怪我で、命に別状はなく、目立つ傷や後遺症は残らないだろう。就寝中に襲われたが彼は犯人を見ていないし、可畏との関係に気づいてもいないため、被疑者不明の略取誘拐暴行事件の被害者ってことになってる」

蛟の言葉を聞き終えた潤は、全身を弛緩《しかん》させて座り込む。

真下にあったはずの座布団はいつしかずれていて、体の半分は畳の上だった。

自分の心の中にある安堵もまた、半々に分かれているように感じられる。

一つは、森脇が助かったという事実。もう一つは、考慮の余地もなく可畏と別れる決断を、今すぐしなくて済むことに対する安堵だった。森脇が助かったからといって可畏を許していいわけがないが、それでも確かにほっとしている自分がいる。

　憤りはあるが、現時点で可畏への愛情が完全に消えたわけではない。

　ほとぼりが冷めたらどうなるかわからない部分はあった。

「可畏は、お前に合わせる顔がないといっていた。竜人の本能を抑えきれなかった己を悔いて、お前に考える時間を与えたんだ」

「だから俺を遠ざけたのか？　兄弟校の生徒会長に預けて？」

　それはあり得ない、絶対にあり得ないと思う潤に対して、蛟は「ああ」と答える。

　自意識過剰だと思われるのは嫌だったが、潤には蛟の言葉が信じられなかった。

　可畏は相当に嫉妬深く、潤への執着心は並々ならぬものがあり、プライドも極めて高い。

　それに、かなりの心配性でもある。潤がレア恐竜に興味を持つだけで気を悪くする可畏が、自分以上に大型の肉食恐竜スピノサウルスに……しかも、人としても魅力的な容姿を持つ若い男に、恋人を預けるとは思えなかった。相手が枯れきった老人や幼い子供ならともかく、この汪束蛟を相手に、そういう意味での警戒をしないわけがない。

「可畏が俺を蛟に預けるなんて、絶対ないと思うんだけど」

「何故そう思うんだ？」

「いや、だって……メジャーでレアな大型恐竜だし、イケてるし」

「俺を褒めてくれてるのか？」

「褒めてるよ。俺にもし凄い好きな彼女がいたとして、何か事情があって誰かに預けるなら、蛟みたいなタイプはまず選ばない。俺よりそいつを好きになっちゃったら困るし」

いったい何様なんだと思われ、呆れられるんじゃないかとそわそわしたが、潤は思っていることを包み隠さずストレートにぶつけた。食の好みに限らず可畏との関係を詳しく知っているらしい蛟に対して、取り繕う意味を感じなかったせいもある。

「もし試されているとしたら、どうする？」

「……俺が？」

「そう、竜人の本能に負けた可畏を受け入れられるかどうか。そしてライバル的な大型竜人が現れても気持ちが揺れないかどうか、その答えを俺も知りたい」

涼しげな顔でいった蛟を前に、潤は眉間を寄せて皺を深めていく。

今の発言と眼差しから、なんとなくわかってしまった。

蛟はおそらく、自分に対して気を持っている。

そういう感情は相手が人間であれ竜人であれ、だいたいわかるものだ。

現に蛟は、ベジタリアン向けの手作り食を用意してくれていた。そのうえ自分達まで菜食に付き合ったのは、目の前で魚を食べられることが潤にとって苦痛だということを知っていて、それに配慮してくれたからだ。可畏に指示されたとも考えられるが、あの味は単なる義務とは思えなかった。

「やっぱおかしい。可畏がいまさら俺の気持ちを試すとは思えないし、百歩譲って試したいと思ったとしても、わざわざ自分が悪いことして評価下げてる時に試すわけないだろ。可畏は、そんな不利な状況で俺を試すほど余裕のある奴じゃない。ああ見えて結構……」

「──結構、なんだ？」

臆病なところもあり、俺に嫌われるのを恐れてる──とは続けなかったが、こうして可畏の立場を考えて途中で切った言葉の続きも、蛟には届いてしまっているんだろうと思うと、潤の苛立ちは増していく。

思考を蛟に向かわせないようにして、自分の頭の中だけで考えなければならないのだ。

この理解し難い奇妙奇天烈《きてれつ》な状況を承服するか否か、まずは態度を決める必要がある。

そのためには信頼している誰かに連絡を取り、事情を明らかにしたいと思った。

可畏とは口も利きたくない気分だが、ヴェロキラと話す分には構わない。

可畏が何を考えているのか、自分はいつまでここにいて、何をすればいいのか訊いてみて、納得できない場合はすぐに迎えを頼みたかった。

──しばらく距離を置きたいのは俺の方だけど、それなら実家に帰りたい。なんだって見ず知らずの水竜人に囲まれて過ごさなきゃいけないんだよ。わけわかんないし！

飲めなくなった緑茶を睨み下ろした潤は、歯を食い縛ってから視線を上げる。

相変わらず涼しい顔をしている蛟に、「俺の携帯は？　ないなら貸して」と詰め寄った。

「お前のはないし、この島には携帯の所有者が一人もいない。持っていても繋がらないからな。電話を使えるのも郵便物を出せるのも、日曜の朝にフェリーが来た時だけだ」

「はあ？　なんだよそれ！　昔の孤島ミステリーじゃあるまいし……携帯がまったく通じないとこなんてあるのか？　伊豆大島の近くなら繋がるだろ！」

「水竜人の生活は陸の竜人とは違う。一日の半分近くを水に浸かって過ごさなければならず、恐竜化して海の底に潜んでいる時間も長い。通じる通じない以前に、持たないんだ」

「海水ＯＫの防水携帯にすればいいだろ！」

「深海に持っていったら壊れる」

「だったら家に置いておけばいいじゃん！　携帯持たない理由に全然なってないし、今日って月曜だよな⁉　日曜まで身内の誰とも連絡取らずにほぼ初対面の奴の言葉を丸々信じろって？　無理あり過ぎだろ。俺、自分が頭いい方だとは思ってないけど、そこまで馬鹿じゃないから！　あー……もうやだ、飯は美味かったけど腹立ってきた」

潤は寝癖が残る髪を引っ掴み、ぐしゃぐしゃと乱しながら立ち上がる。

電話がないといわれてはどうしてよいかわからなかったが、ひとまず寝室に戻って内側から襖を閉めた。

ぴしゃんと大きな音を立てて怒りを示すと、普段あまり感じない血圧の上昇を嫌というほど実感する。

——なんなんだよ、どいつもこいつも……竜人て、ほんとに勝手だ。

怒りのあまり体中が火照り、頭痛がするほど血管がドクドクと鳴っていた。

襖に背を向けた潤は、片づけていなかった布団を避けて障子に向かう。

怒り任せに開け放つと、錆《さ》びた錠のついた掃出し窓があった。

硝子の向こうに見えるのは、縁側と絶壁、そして霧だ。

「霧影島……」

窓を開けたら、波音が大きく聞こえたり潮風に髪を靡《なび》かせられたりするのだろうか。

しかし如何にも寒そうで、開ける気にはなれない。

日本家屋とはいえオーシャンビューといえるロケーションだったが、そのイメージとはかけ離れた眺望にテンションがますます下がった。

どこまでも見渡せる海や空はなく、朝の太陽すらも半ば霧に隠れている。

眼下に広がるのが開放的で爽やかな景色だったら気の持ちようも変わったかもしれないが、まるで霧の檻《おり》に閉じ込められたかのようで、見れば見るほど滅入る結果になった。

——ハワイの海とは雰囲気も気分も全然違うし、即行家に帰りたい。可畏としばらく離れて暮らして今後のことを考える時間が欲しい。つーか、森脇をあんな目に遭わせるとか……マジ許さないから。

自分が眠っている隙に部屋から抜けだし、森脇を拉致暴行した可畏も、何が目的なのかわからないが理不尽なことをいいつつも料理で懐柔しようとしている疑いがある汪束蛟も、揃いも揃って竜人が信じられない。

森脇が無事だという情報自体、本当に信じてよいのかわからなくなり、潤の怒りは不安へと変化した。

――とにかく今は森脇だ。何よりまず見舞いに行きたい。この目で見ないと信じられないし、全部話して謝るってわけにはいかない立場だけど、せめて励ますとか何かしたい。

冷気が伝わる硝子に向かって、潤は憂鬱な溜め息を零す。

こういった自分の望みが、何一つ叶わないことをわかっていた。日曜日の朝になるまで電話一本できないなら、この島で人間の身でやれることは高が知れている。

翼竜リアムのように自由に空を飛べるか、可畏のように長時間延々と泳げる驚異的な体力を持っていたらどんなにいいかと思うが、どちらも無縁のものだ。

無茶をすれば状況がより悪化するのは明白で、今は日曜日の朝まで大人しく考え事でもしているのが最善に思える。

「潤、入るぞ」

襖の向こうから蛟の声がすると、「気安く呼ぶな」と抗議したくなった。

潤でも沢木でも好きに呼んでいいといってしまったが、今は訂正したくて仕方がない。

「不満ならアボカド王子とでも呼ぼうか?」

「……っ、俺の心、やっぱ読めてんのか？」

「いや、今のは話しかけられたからだ。『気安く呼ぶな』って、念を飛ばしてきただろ？」

「飛ばした、かもしれないけど……意図的に投げかけたことじゃない感情まで読まれてるなら、思考を勝手に盗まれてるのと同じだと思う。あんまり読まないでくれ」

「お前は自分が持ってる読む力を完全にコントロールできるのか？」

「できないけど」

「俺もだ」

飄々《ひょうひょう》と答えた蛟は、手にしていた衣類を胸の位置まで持ち上げた。

黒と白しかない衣服で、一番上には新品の下着と靴下が載っている。

「ここにいても退屈だろ？　学校に行かないか？」

「余所《よそ》の学校に？」

「人間なんて滅多に見られないからな。連れてきてくれと皆から頼まれた。ちなみに、魚食の竜人は人間の血肉を好まない」

「襲われる心配はないってことか？」

「心配ないし、万が一の時は俺が守る」

面と向かっていわれた潤は、一瞬ときめきかけた自分の心臓を殴りたくなった。

女の子じゃあるまいし――と思うが、際立った美形に「俺が守る」などといわれると、つい頼もしく感じてしまう。どこまで信用できるか疑わしい男だが、吊り橋効果で気持ちを持っていかれそうな危うさがあった。

「学ランは、ちょっと憧れだったりする」

「本土で売ってる汎用服で、オリジナルじゃないけどな。これは俺のお古だ。サイズは合うと思う。半年くらいしか着てないから状態はいい方だ」

「高一から高三までの間に十センチくらい伸びたのか？」

「いや、うちは中学も高校も同じ制服だ」

「ああ、中学の時の……」

潤は微妙な気分になりつつも制服一式を受け取り、「気が向いたら行く」と答える。すぐにいいなりになるのは嫌だったのと、この家を一人で探索し、本当に携帯電話がないかどうかを探りたかった。

「わかった、先に行って待ってる。この家の中は自由に見て回っていいが、二つある冷蔵庫のうち右側のデカいのは魚だらけだ。左側には野菜と調味料しか入ってない。気をつけろよ」

「あ、うん……っていうか、また心を読んだのか？」

「いや、なんとなくわかっただけだ」

くすっと笑った蛟は、制服を抱えた潤の手に触れる。

特に意味ありげな触り方ではなかったものの、潤は警戒してすぐさま身を引いた。

「学校に行く気になったら心で俺に話しかけてくれ。迎えにくる」

「なんか、携帯要らずみたいだな」

「その通り。俺達の間にあんな物は要らない」

「悪いけど嬉しくない」

「手厳しいな」

「可畏と別れたわけじゃないんで」

「残念だな。可畏よりも先に出会いたかった」

心底残念といいたげな顔をされると、またしても胸の辺りが騒いだ。

この男は飄々としているようで、水族館では心から嬉しそうに笑ってみたり、今は切なげな表情を見せたりと、妙に人間くさい。

後ろに聳えるスピノサウルスの影を除けば、竜人だと忘れそうだった。

「蛟って、ゲイ?」

「自覚がなかったが、お前と出会ってからそう思うようになった」

「出会ってって、昨日会ったばかりだろ？　ちなみに俺は違うから。可畏が森脇にしたことは許せないけど、他の男と付き合うくらいなら女の子がいいし、竜人は懲り懲りだと思ってる」

潤は予防線を張る意味できつくいうと、脳裏でちらりと、人間の女子高生と付き合う自分を想像する。かつては普通だったことが、今は絵空事のように感じられた。

「……わかった。けど、よかったらうちの学校に来てみてくれ。水竜人は人間が好きで仕方がないんだ。もちろん餌としてじゃなく、人間をリスペクトしてる」

「なんかちょっと信じられない話だけど、気が向いたら行く」

「ああ、じゃあ行ってくる。鍵は必要ないから、出かける時は火の元だけ注意して」

「はいはい」

蛟が登校したあと、潤は布団の上に座り込んでしばし頭を抱える。

他人の家に独りという状況に戸惑い、現実から逃げだすために寝直したい気分だった。

しかし森脇の安否が知りたくてたまらず、頭を切り替えてどうにか学ランに着替える。

携帯や固定電話を求めて家探しするつもりだったが、「自由に見て回っていい」といわれた以上、ここには何もない気がしていた。

おかげで動きだす気力を半分削がれている。

寝室から出て台所の土間に下りた潤は、安全な左側の冷蔵庫を開けてみた。

食材が週に一度しか届かないからなのか、簡素な室内の様子とは正反対に、中身は驚くほどぎっしり詰まっている。保存容器や付箋《ふせん》を利用して消費期限や内容物をわかりやすくしてあり、真面目に生活している様子が窺《うかが》えた。

――凄いな……立派な料理男子だ。けど俺も実家にいた頃はこんな感じだったし、いちいち絆《ほだ》されないからな。アイツ、実は携帯持ってて右の冷蔵庫に隠してあるんじゃ……。

潤はより大きな冷蔵庫の前に移動すると、恐る恐る把手に触れた。

食材となった肉や魚を見るのが苦手な潤にとって、魚だらけの冷蔵庫は棺桶《かんおけ》にも等しい。

ただし生き物の感情を読み取る点に於いては、魚の感情に触れる機会は少ないうえに、四つ足の動物ほど強い思念は感じられないため、魚の死骸の方がいくらかましだと思える。

「う……いや、冷蔵庫に入れたら携帯壊れそうだし、違うよな」

扉を開ける前に冷静になった潤は、把手から手を離して後退した。

事実関係を確かめるためにヴェロキラに連絡したくて仕方がなかったが、よくよく考えると自分が暗記している電話番号は自宅と母親の携帯くらいのもので、ヴェロキラや可畏の番号はまったく覚えていなかった。何しろ携帯の使用を許可されたのは昨日の話だ。

——他人のを見つけたところでロックかかってたら使えないし、番号もわからない。それに、よく考えたら蛟が嘘をつくわけないんだよな……竜嵜家に逆らったらまずいはずだし。

可畏が何故自分を蛟に預けたのか、どうにも納得がいかなかったので蛟の言葉を疑っていた潤だったが、恋人のために実母や実兄を殺した可畏の話は竜人の世界では有名らしく——蛟が可畏に逆らってまで自分をこの島に囲うとは考えにくい。

——つまり可畏は、俺が可畏以外の男に絶対惚れないって信じ込んでるか……森脇を襲ったことで自己嫌悪に陥って自棄《やけ》になってるってとこか？　それか、俺のことを好きではあるけど今後も付き合い続けるのは難しいと判断して……身を引いたとか？

学ラン姿で冷蔵庫の前をうろうろと歩き回った潤は、自分が思いついた三番目の可能性に気持ちを引きずられる。

それが最も濃厚に思えて、複雑な気分だった。

可畏が自分を好きなのはわかっている。冷めたとは思えない。

ただ、森脇を襲ってしまったことで越えられない種族差に可畏自身が苦しみ、潤としばらく距離を置くために、人間に対して好意的な水竜人が住む霧影島を利用することを考えたのではないだろうか。

ここなら潤が餌として狙われることはなく、そのうえ汪束家と竜嵜家の間に同盟関係があるなら、酷い扱いを受けることもない。

――怒ってるのは俺なのに、可畏の方から別れを提案されるのは癪《しゃく》だけど……でも、これでいいのかもしれない。可畏がそこまで反省してるなら森脇は本当に病院に運ばれてるだろうし、お互い落ち着いて話せるようになるまで、少し離れてるのはいい方法だと思う。

最終的に決別するのか、許して元の鞘《さや》に戻るのか――提案したのは可畏であっても、選択の余地を与えられ、決定するのは自分だったらいい。

可畏の一存で勝手に決められるのは嫌だという思いを胸に、潤は玄関に向かう。

自分の靴はなかったが、新品のスニーカーが用意してあり、靴箱の上には『潤』と書いた付箋が貼られた弁当袋が置いてあった。

「あ、俺のサイズだ」

蛟が自分のために用意してくれた靴と弁当であることは疑いようがなく、潤はスニーカーを履いてみる。そういえば蛟も学ランにスニーカーだったな、と思いながら引き戸を開けると、その理由が一瞬で理解できた。

「うわ、森……」

視界に広がるのは、朝の光を遮る濃霧と、先の見えない森だった。

重く沈んだ白い霧を目にすると、足が止まってしまう。

土が見えないほど積み重なった落ち葉は、枯れ落ちた物にもかかわらず濡れて見えた。

底の平らな靴でこんな物を踏み歩いたら、間違いなく滑って転びそうだ。

スニーカーでも物足りなく思えて、潤は「トレッキングブーツ欲しい」と独り言《ご》つ。

――ついでに寒い。靴は用意してくれんのにコートはないのかよ。そういや子供達もコート着てなかったし、蛟も学ランだけで出かけてた。可畏はいつもあったかくしてんのに水竜人は違うのか？　真冬の海に浸かるくらいだから、陸の竜人より寒さに強いのか。

寒気に耐えてまで登校する意味があるのかないのか考えた潤は、家にいる無意味さと退屈を嫌って歩きだす。

数歩進んでから振り向くと、中から想像するよりも大きい、瓦屋根の日本家屋が見えた。

――念じれば迎えにくるのかな、アイツ。

心細さと頼りたくない気持ちを天秤《てんびん》にかけた潤は、足元に注意しながら木々の間を抜ける。

学校の姿は見えなかったが、崖や海の方向はわかっていたので逆方向に進んだ。

少し歩けば建物のシルエットくらい見えるだろうと楽観視していたものの、それはなかなか現れず、もう一度振り返ってみると蛟の家が霧に呑まれて消えている。

地面は落ち葉だらけで足跡が残っていないため、来た道がわからなくなっていた。

——これって遭難フラグ？　学校行くのに遭難とか、どんだけ？

ああしまったなと思いつつ立ち止まった潤は、朝の冷たい空気で肺を満たした。

何もかもが嫌になり、いっそのこと滅茶苦茶に走りだしたい気分だったが、断崖絶壁がすぐ近くにあるこの状況で、命懸けの暴走をするほど愚かにはなれない。

『——蛟、聞こえるか？』

学校があると思われる方向を見ながら、潤は瞼を閉じて念じてみた。

ある程度距離を取った状態で本当に思念が届くものなのか、少しばかり興味が湧く。

蛟のことを完全に信用しているわけではなく、心を読まれるのは不愉快だと感じるものの、仲間ができたような感覚があるのも事実だ。

『蛟？　さすがに遠くて聞こえないか？』

動物や鳥や魚の感情を読み取る能力を生まれつき持っている自分と、他の竜人よりも思念をやり取りする能力が高い汪束蛟——今もこれからも他人である二人の間に特別な絆が存在する必要はなく、できれば縁がないくらいでいいのだが、潤はそう思いながらも蛟に話しかけ、今送っている思念が届くことを期待する。

『潤……呼んだか？』

『ああ、離れてると聞き取りにくい？』

『いや、そうでもない。こっちに来る気になったか？』

『うん、なったんだけど途中で迷った。悪いけど迎えにきてくれ』

『わかった。すぐ行くからそこを動くな』

難なく会話が成り立ったことに、潤は大きく息をつく。

その一方で、可畏に申し訳ない気持ちに責め立てられた。

森脇の痛々しい姿を思いだすと、今後も可畏と付き合っていけるとは思えなかったが、拭いきれない迷いはある。結局のところ可畏が好きで、許せるものなら許したいと思っているのが本音であり、謝罪や誓いの末になんだかんだと許してしまいそうな自分が怖かった。

――この島にいる間によく考えないと。可畏が反省しようが謝ろうが、こういうことはまた起きるかもしれない。森脇だったから助かっただけで、もしも襲われたのが他の二人だったら本当に死んでたかもしれないし、これから先……可畏の激昂次第で、俺の親や妹が被害に遭う可能性だってある。「ごめんなさい」じゃ済まない結果になった時、俺は必ず後悔する。命があるまま別れてもらえる時に別れておけばよかったって、絶対に思うはずだ。

人間など本来は餌としか思っていない暴君竜でありながら、愛情故に殺さず穏やかに別れてくれるなら——それは自分の人生にとって好機なのだろう。

可畏と縁を切れば、他の竜人に家族を脅しのネタに使われたり、拉致されたりするリスクも回避できるのだ。

「潤、そこにいるのか？」

思念ではない声が聞こえてきて、潤は寄りかかっていた木から背中を離す。

木々の間に人型のシルエットが現れた。

すらりと背が高く、思わずはっとさせられる。

迎えにきてくれたのが可畏だったらよかったのに——と、思わずにはいられなかった。

それでも蛟の顔を見ると、安心して肩の力が抜ける。

「寒そうだな、人間には防寒着が必要だったのを忘れてた」

霧の中から現れた蛟は、身を縮ませる潤を見て上着を脱ぐ。

それを肩にふわりとかけてもらいながら、潤は「ありがとう」と小声でいった。

「水竜人は寒さに強いんだな。それに、体温低い？」

袖を通して二重に着られそうなサイズの上着からは、蛟の体温が感じられない。

一瞬触れた手が冷たかった気もして、潤は彼の顔をまじまじと見上げる。

目で見ている分には、人と同じ温もりがありそうな肌だった。

「ああ、俺達の体温は人型の時でも低い。真冬でも裸で過ごせるくらいだ。寒さに鈍感だから、行き届かないところがあったら遠慮なくいってくれ。大型の暖房器具はないが、コートや電気毛布、フリースなんかも用意してある」

「うん、わかった」

「弁当、ちゃんと持ってきたんだな。いうのを忘れたから気になってた」

「ありがと、俺の分まで作ってもらって」

「もちろんベジタリアン向けだ」

「そうだと思った」

学ランの上に蛟の上着を羽織った潤は、彼のあとについて行く形で歩きだす。

ところが数歩進んだところで足を滑らせ、「うわっ！」と大きな声を上げて後方に引っ繰り返りそうになった。バランス感覚には自信があったものの、危うく転びかける。

「……あ、っ」

体勢を整える前に、大きな手で背中を支えられた。

今にも放り投げてしまいそうだった弁当袋が、振り子のように揺れる。

「ご、ごめん。ありがとう……」

目の前には精悍《せいかん》さと柔和さを併せ持つ顔があり、潤はアッシュブロンドの間から覗く珍しい色の瞳に見入った。ただ綺麗だと感じるだけの話だが、なかなか目を逸らせない。

「慣れないと歩きづらいだろう？　手を」

自分の足で立った潤は、差し伸べられた手を見つめる。

可畏のように大きく、頼り甲斐のある手だった。

肌の色は違うものの、指が長くて形が似ている。

可畏の手は人を傷つけることもあるが、潤の頰を包み込んだり体中を愛撫《あいぶ》したりと、優しく動くこともあった。手を繋いで見つめ合ったことだって、数えきれないほどある。

――可畏……。

潤は差し伸べられた手だけを見て、それをきゅっと握った。

実際に触れてみると、可畏との差を強く感じる。

肌の質感も硬さも温度も、握り返してくる力加減も違った。

蛟に手を引かれて彗星学園に向かいながら、潤は自分の心の行方について考える。

与えられた冷却期間が終わった時、この手の先に可畏はいるのかいないのか、好きに選べる立場だったとしても、今はまだ決められなかった。

《五》

竜泉《りゅうせん》学院も十分におかしな学校だったが、彗星《すいせい》学園はそれ以上に変わっていた。

近代的で豪華な校舎や寮を持つ竜泉学院とは対照的に、彗星学園は廃校寸前といった風情で、昭和レトロでは済まないほど老朽化した校舎を使っている。

そのうえ学校として成り立っておらず、教師と呼べる存在がいなかった。

校長も教頭もいないため、生徒会がすべて仕切っている。

授業は学年ごとにモニターとＤＶＤを使って行われていて、教材の中には、潤《じゅん》も知っているテレビで御馴染みの有名予備校講師が出演していた。

授業の内容的には、潤が生徒会フロアでモニター越しに見ていた授業と大差ない。

それらを時間割に合わせて流しているだけで、教師に質問したりはできなかった。

保育園から高校まで同じ建物の中にあるため、子供達の泣き声に授業の邪魔をされることも間々ある。そんな時は当番が保育園に手伝いにいったり、休み時間になると下級生が上級生の教室を訪ねてきて、蛟《みずち》が家庭教師のように対応したりと、なんとも奇妙な出来事が連続した。

──制服着てるから学校っぽく見えるけど、どちらかというとフリースクールに近いんだな。

竜泉とは違って上下関係がほとんどないみたいだ。

男子十人、女子一人の高三の教室の最後尾に座っていた潤は、授業DVDには目もくれずに校内の様子を窺《うかが》っていた。

彼らの影を意識して見てみると種族がわかるが、スピノサウルスの仲間と考えられている二足歩行の恐竜バリオニクスや、カバに近い体型の水棲恐竜タラルルス、海棲爬虫類《はちゅうるい》として最も有名なモササウルスなど、水竜人とは名ばかりで実際には恐竜ではない種も交じっている。

しかし誰もが蛟を頼り、慕っていて、「海王様」や「蛟様」と呼びつつも、日本の一般的な運動部の上下関係程度しかないように見えた。

「なあ、人間について質問していいか？」

蛟の席から少し間を空けた座席に着いていた潤は、モササウルス竜人に声をかけられる。

集中しないと影のディテールは見えないうえに、スピノサウルスの影が大きいためほとんど隠れてしまっていたが、彼自身も非常に大きな影を持ち、人としての体格も極めて大きい。背負う影の頭部の形は鰐《わに》に似ていて、そこから下は長い樽《たる》のように寸胴だった。

やや口が大き過ぎる強面《こわもて》の彼は、「俺、ウミヒコっていうんだ」と、下の名だけを名乗り、潤の机に手をつきながら床にしゃがんだ。

顔は怖いが、くしゃくしゃの笑顔や仕草が、どことなく友人の芝《しば》に似ている。

「俺は沢木《さわき》潤だ。質問、いいよ。俺も訊《き》きたいことあるし」

「マジ？　ならそっちから先に質問してよ。人間に興味持たれるとか、超感激だし」

「そうか？　じゃあ俺から。あのさ、携帯持ってる？」

「携帯って、携帯電話？　そんなの持ってる奴いないよ」

「そうか。あとは……えっと、水竜人は一日の半分近くを水に浸かって過ごすって聞いたし、海の底に行くとも聞いたけど、モササウルスはともかくスピノサウルスやバリオニクスは海にいないよな？　沼や川に棲息してたんだろ？　なんで海なんだ？　海水でも平気なのか？」

潤の質問に、ウミヒコは目を丸くしてから放笑する。

何がおかしいのか潤にはわからなかったが、他の生徒も笑っていた。

「なんで海って、そりゃ海底に隠れなきゃ人間に見つかるからだよ。俺らは霧で守られた島で人間の振りして暮らして、夜になると全裸で海に飛び込むわけ。んで、潜りながら恐竜化して魚を食ったりして、夜明け前まで海底に隠れて眠る。皆それが可能な超進化を遂げてるわけ。ちなみに戻ってくる時も途中で人間になるから、万が一密漁船が島に近づいてきても、恐竜が目撃される心配はほぼない。人型で海から上がる時間もずらしてるしな」

「見てはならないものを見てしまう人間が稀《まれ》にいるが、そういう場合は沈んでもらう」

ウミヒコに続いて、蛟が恐ろしいことをいう。

ただ、そうしなければ生きていけない彼らの事情もわかるので、潤は何も追及しなかった。

「そうなると、夜は島に人が少ないってことだな？　皆、海に潜ってるんだ？」

「そうそう、少ないっていうより誰もいない。赤ん坊も含めて全員海で、陸上は空っぽ」

「——す、凄《すご》いな」

潤は蛟の視線を感じつつウミヒコと話し、ごくりと喉を鳴らす。

水竜人の生態に驚きを禁じ得なかった。

同時に、途轍《とてつ》もなく大きな矛盾を感じる。

竜泉学院の生徒や学生は、原則としては人間社会に適合するための勉強をしていて、それはこの彗星学園の生徒も同じように思えるが、後者の場合は学問に意味があるのかないのかよくわからなかった。

陸の竜人とは違って、水竜人は人間と接触しない場所に集まって暮らし、しかもこの島から離れて暮らすことはできないと思われる。にもかかわらず、陸の竜人と同じように学び、彼ら以上に人間らしい暮らしをしているのが不自然に思えてならない。

「他に質問は？」

「……いや、今はこれだけ。そっちは？」

自分の中に生じた疑問や矛盾を、彼らを傷つけない言葉で上手《うま》く問える自信がなかった潤は、一旦聞き手に回ることにした。下手《へた》をすれば、「水竜人が人間と同じことを学んで、何か役に立つのか？」という、失礼な問いかけになってしまうからだ。

「じゃあ俺からの質問いくぜ。あのさ、人間て両親だけじゃなく、祖父とか祖母までいるのが普通なんだろ？　それってどういう感じ？　親が大勢いるみたいなもん？」

黒い瞳を爛々《らんらん》と輝かせながら訊いてくるウミヒコの質問に、潤は首を傾げる。

質問の意味がよくわからなかったせいで、勝手に首が動いてしまった。

何しろ可畏《かい》には祖母がいて、彼女は竜泉学院の理事長を務めている。祖父母がいることは、竜人にとっても普通のことだと思っていた。

「どういう感じっていわれても、竜人と特に変わらないと思うけど。親とは全然違うし、同居じゃなければ滅多に会わない存在……でもまあ、会えば喜んでくれるし、お小遣いくれたり、お米とか野菜とか送ってくれたりしてありがたいみたいな」

ウミヒコが何を訊きたいのかよくわからないまま答えた潤だったが、彼は机の端で猫の手を作りつつ聞き入って、「いいな、そういうのいいな、人間ぽい」と声を弾ませた。

「水竜人には、祖父母が珍しいのか？」

潤の答えに興味を持っているのはウミヒコだけではなく、隣に座る蛟も、前にいる男女も、それどころか廊下の窓から覗《のぞ》き込んでいる小学生や中学生まで潤に注目していた。

ウミヒコは蛟に視線を向け、「蛟様、俺らのこと全然話してないんですか？」と訊く。

大勢が集まってきている教室内は、独特な空気に包まれた。

「潤、俺達に祖父母はいない。親すらいないんだ」

「――え？」

思いがけない言葉に何もいえなくなった潤は、動揺しながら周囲を見回す。

目に入るのは、自分と同じ学年の生徒と、廊下の窓からこちらを覗く中学生や小学生。下の階からは園児達の声が微《かす》かに届く。モニターの中には中年の教師がいたが、それは遠く離れた場所に住む人間であって、ここには大人の姿がない。

「どういうことだ？」

「水竜人の寿命は二十年程度しかない。だいたいは高校を卒業する頃に発情期が来て、子供を作る。自分で育てる時間はなく、後輩に全部託して死んでいくんだ」

二歩近く離れた席に座る蛟の声が、他のすべての音を打ち消して耳に届いた。

潤は蛟の言葉を正確に理解できているのか疑いながら、彼の唇が再び開くのを待つ。

「雌の発情期は一度くらいで、二度目が来る前に寿命を迎えることが多い。そのうえ生まれてくるのは雄ばかりだ。親子関係がないに等しい俺達は、この学校を中心にして、協力しながら生きている」

「……は、二十歳までの命って……蛟も？」

「スピノは少し特殊だ。地上では他の水竜人と同じくらいまでしか生きられないが、その後は恐竜化して海中で生きることができる。それも長くはないうえに陸には上がれず、人型に戻ることもできない身で、思考回路は今のままだ」

「それって、なんか……」

なんか凄くつらくないか——そういいかけて止めたが、潤は蛟に思念を投げかけてしまったことに気づく。

脳に直接響くように、『いっそ死にたいと思うくらいには』と、返事が返ってきた。

「蛟……」

水竜人が何故この学校で人間と同じことを学び、行儀よくきちんとした朝食を摂ったり毎日学校に行ったりするのか、潤はその理由を知る。

二十歳までしか生きられず、この島から出られないなら、もっと野生的に自由に生きる道もあるだろうに——彼らはおそらく、日中に陸地で織り成す人としての生活に憧れを持ち、短い人生をできる限り人間らしく生きようとしているのだ。

「ごめん、言葉にならない」

どうしてそんなに寿命が短いのか、なんとかならないものなのかと問いたくても、部外者の身で無神経に口にすることはできなかった。大人が一人もいない島で、支え合いながら生きている彼らを前に、四倍近い寿命を持つ自分が何をいえるだろうか。

「進化に無理があり過ぎたんだ。陸の肉食竜人のように、上手く進化できなかった」

また心の声が届いてしまったのか、蛟は寿命が短い理由について説明する。

水竜人もまた絶滅危惧種《きぐしゅ》と同じで、竜人として完全な存在ではないようだった。

「俺達は人型になっても、湿度が高くないとまともに動けない。島から出て街を歩けるのも、雨や霧の時だけだ。そんなだから戸籍も何もない。海底から金品を引き上げて金に不自由なく暮らしているが、人として生きるのは難しい。水と懇意にし過ぎた結果だ」

「水と、懇意に……」

「スピノを始め、両棲の恐竜は海面の上昇によって一旦滅びた。その遺伝子が人類へと進化し、竜人としてさらなる超進化を遂げる過程で、魚食竜人の多くは水棲寄りの性質に変わったんだ。陸の強い肉食竜人と棲み分ける必要があったのと、身を隠すのに海底が最適だったこともある。その結果、陸で人型を保つのが難しくなっていき、寿命が縮まり、繁殖力も低下した。今では二十歳を超えて生きてる者は滅多にいない。早い者は、十八くらいで死ぬ」

「──っ」

この場には小学生も交じっていたが、誰もが静かに聞いていた。

やがて滅んでいく種族だということを全員が認識しているのだと思うと、とても居たたまれなくなる。

日本に生まれた自分が、八十歳程度まで生きて死ぬことを漠然と受け入れ、それを短いとも長いとも感じないのと同じように、彼らも種の寿命を当たり前のものとして受け入れているのだろうか。残り時間がまだある小学生も中学生も、先が長くない高校生も皆、一様に穏やかな顔をしていた。

《六》

日没後、潤は汪束家《おうつか》の寝室から庭に出る。

日が落ちるなり気温が急激に下がったため、フリースの袖に指まで潜り込ませていた。

蛟は浴衣《ゆかた》を着ていて、縁側から続く絶壁に立っている。見ているだけで寒くなる恰好《かっこう》だ。

足元には重そうな下駄を履いていた。時折カランッと音がする。草履やビーチサンダルではないのは、脱いだあとに風で飛ばされては困るからかもしれない。

「じゃあ行ってくる。今夜は近場の浅瀬にいるから、もし何かあったら強く念じてくれ」

「気をつけて」

断崖絶壁から海に飛び込もうとする蛟に向かって、潤はあまり意味のない言葉をかけた。

縁側の物干し竿《ざお》の横で帯を解いた彼は、「ありがとう」といいながら浴衣を脱ぐ。

下着をつけていない体が、痩せていく月に照らされていた。

朝よりも霧が薄くなっていて、存外に空が明るい。

芸術的ともいえる肉体は輝くばかりだ。

生命力に溢《あふ》れ、若さで弾けんばかりの蛟の体が、あと二年程度で失われるのかと思うと……酷く切なくなってしまう。

潤は視線を外せないまま蛟の裸体を目で追って、それだけでは足りずに自分から近づいた。

蛟は脱いだ浴衣を物干し竿にかけようとしていたが、手を差しだしてそれを受け取る。

親も兄弟もなく独りで暮らしている彼は、夜明け前に海から上がり、ただいまをいう相手もなく人としての生活に戻るのだろうか。至極真っ当な朝食を作り、弁当を作って学校に行って、夕食は恐竜の姿で生きた魚を食らう。

「子供達の面倒を見ない日は、淋しい感じ？　それとも気儘《きまま》で楽？」

「両方だな」

「そっか」

全裸の蛟を前にして、潤は彼の顔ばかり見ていた。

同性とはいえ下半身を見てはならないと思い、首ごと上向きにしておく。

「じゃあ、行ってくる」

もう一度同じ言葉を口にして、どこか名残惜しそうな顔をする蛟に、潤は黙って頷《うなず》いた。

温もりの残らない浴衣を手にしつつ、絶壁に向かって歩く蛟の背中を見送る。

筋肉質で研ぎ澄まされた体がしなやかに動き、夜空にダイブした。

海にというより空に消えた彼を、潤は数歩だけ追ってみる。

飛び込む水音が聞こえるものだと思ったが、特に何も聞こえなかった。

絶壁の際まで恐る恐る近づいて見下ろしてみると、海中に巨大な影が見て取れる。潜るなり恐竜化したのだとすぐにわかった。

今海中にある黒い影は、人型の蛟が背負う薄いシルエットではなく、血肉と骨を持つ本物のスピノサウルスだ。

『凄いな、正真正銘のスピノがいる』

『いや、偽物みたいなものだ。海に逃げて、不完全なまま絶滅する』

頭の中に蛟の声が届いたことを、潤は素直に喜ぶ。

ふと、妹が幼い頃に読んでいた童話のワンシーンを思いだした。

確か人魚姫だったはずだ。詳しい内容は憶えていないが、人間の王子の姿を人魚姫が海から見上げて、恋心を募らせているイラストが記憶に残っている。それは物語の最初のシーンだと思われるが、その後の紆余《うよ》曲折を経て、王子と人魚姫は結ばれたのだろうか。

——可畏より先に出会ってたら、とかいってたな。そりゃまあ確かに、こうやってある程度離れても思念で会話ができる俺なら少しは気が紛れて淋しくないかもしれないけど、でも、夜は陸と海に別れ別れで、帰ってくるのは明け方で。それじゃ付き合ったってセックスもできないじゃん。あ、いや……日中にやればいいのか。そうだよな、夜はそこそこの時間に寝て、帰ってからやればいいんだ。

潤は水竜人と人間の恋について他人事《ひとごと》として考えながらも、一瞬だけ、蛟に抱かれる自分の姿を想像してしまった。こんな思念を読まれたらまずいと思い、自分の額を掌でピシャンッと叩《たた》いて思考を飛ばす。

――違う、浮気じゃない。その気があるとかじゃないんだ。好きな彼女がいても巨乳美人に目が行く男の本能みたいなもんで……それがイイ体した男にすり替わっただけの話で……って、あれ？　それじゃ俺、完全にゲイだな。……あれ？

潤は首を横に振り、自身に強制終了をかける。

独り勝手に思ったことと、蛟に向かって投げかけた思念の区別は曖昧で、もしかしたら今の流れをすべて読み取られているかもしれない。

可畏から信用されて預かった立場でそんなことはしないだろうが、脈があるなどと思われて、可畏がいない状況で迫られるようなことがあっては困る。

――信用……いや、信用とかするかな？　蛟に俺を預けたってことは、可畏は俺と蛟がどうにかなってもいいと思ってるのかもしれない。「俺じゃお前を幸せにできないから身を引く」みたいな、そういう話なのか？

可畏は以前、飽きた愛妾《あいしょう》を他の竜人に払い下げるといった残酷極まりない行為を行っていたらしいが、そういうものだとは思いたくなかった。かといって、幸せを願って他人に任せたという事情ならいいというものでもない。

——血腥《ちなまぐさ》い光景を、俺にもう見せたくないって……そう思ってるから？　自分を抑えられる自信がないから、俺を遠ざけたのか？　人として先の短い蛟は、可畏にとって敵でもなんでもない存在で……穏やかに暮らしてるし、俺とは料理とか話が合いそうだし、コイツになら俺をくれてやってもいいって、そう思ったのか？　俺の好みとか能力とか、予め全部蛟に伝えて、その結果……俺達がそういう仲になっても構わないって、本気で思うのか？

潤はスピノサウルスが沈む海面を見下ろしながら、ここにはいない可畏の心を探る。

可畏なりに、こちらの幸せを願ってくれたうえでの愛情ある選択であろうと、自分ではない誰かに譲り渡せるなら、その恋は終わっていると思った。

相手の幸福を考える尊い愛だと思って納得できるほど、潤は老成していない。

友人を襲った可畏を許せないという気持ちを胸に抱えているが、その怒りや、「絶対に許さない」という現時点での判断は、感情よりもむしろ理性が作りだしているもので、心は可畏を許すきっかけを求め、彼の所に帰りたがっている。

——それなのにお前はもう、俺のこと要らないのか？　手放せるのか？　俺を嫌いになったわけじゃないんだよな？　それなのに諦められちゃうのか？　蛟と俺がどうにかなってもいいやって、そう思えるんだな。お前にとって俺って、その程度のものだったんだ。

冷えきった体で白過ぎる息を吐いた潤は、海に背を向ける。

スニーカーを脱いで縁側から寝室に戻り、窓を閉めた。

室内に入ってもしばらくは息が白く、両腕を摩擦して暖を取らずにはいられない。

窓の外にはスモークのかかった濃紺の月空と、水平線が微かに見えた。

朝よりも、暗い今時分の方が海の存在が際立って感じられる。

可畏や竜泉学院から遠い、孤島にいることを痛感した。

——駄目だ、なんか……凄く落ちてる。

蛟と思念会話をする気にもなれず、潤は窓硝子《ガラス》越しに月を見上げた。

本来なら今頃は、可畏とジャグジーに浸かっていたはずだ。

今この瞬間、可畏は通常通り過ごしているのだろうか。生餌《いきえ》の血液を口にしつつ、ユキナリ達に体を洗ってもらっているかもしれない。同じ月を眺めながら、可畏もまた、自分のことを考えてくれていたらいい。ヴェロキラに殺害を命じて酷く後悔した時のように、こんなことは間違っていると気づいて、急いで迎えにきてくれたらいいのに。

——こういう考えを持ってる辺り、俺も勝手だよな……それに、森脇《もりわき》に対して薄情だ。

潤は電気毛布を肩に羽織りつつ、預かった蛟の浴衣を畳む。

可畏の服でさえ畳むことなど滅多にないが、触り慣れない浴衣の折り目を丁寧に揃えた。

ぴんと伸ばした折り目が視界の中で歪《ゆが》み、洟《はな》を啜《すす》りながら瞼《まぶた》を手の甲で押さえる。

クリスチャン・ドレイクやリアムに脅された際、潤は母親と妹の命を優先し、可畏と別れる決断をした。そうして可畏の心を深く傷つけた。

それでも可畏は、「お前が俺をどう思っているかは関係なく、俺が惚れてるんだ」と言ってくれた。潤を守るために、実母や兄を殺すほどの愛情を示しておきながら、「お前が俺と同じことをする必要はない。思い通りにならなくてもいい。お前は俺のそばで、お前らしく生きていればそれでいいんだ」といってくれた。

——俺は可畏を最優先しなかったくせに……可畏と別れる決断をしたこともあったくせに、自分が手放される立場になるとショックを受けて、被害者意識丸出しになってるし、怒ってる。しかもこの落ち方は……森脇の一件と変わらないくらい酷い。可畏が森脇を痛めつけたことと同じか、もしくはそれ以上に俺は……自分が振られたことにショックを受けてる。

一度は抑え込んだ涙が潤んでしまい、再び手を寄せたが間に合わなかった。

蛟の浴衣の上に、一滴だけ音もなく染み込む。

振られて泣くのは初めての経験だった。

『潤……少し深く潜ったが、聞こえるか？』

蛟の声が脳に届き、独特の響きを感じる。

距離のせいか、これまでとは聞こえ方が違っていた。少しくぐもっている。

聞こえない振りをして、このまま無視を決め込もうと思った。可畏に対する失望感と、自分自身に対する嫌悪感に満ちた今の状態で、可畏が用意した男と会話なんてしたくない。

「何も聞こえない。もう、全然……聞こえないよ」

声に出して呟《つぶや》き、障子に手を伸ばした。がたつくそれを閉じてから、ゆらりと立ち上がる。いっそこのまま眠りたかった。夕食は自分で用意することになっていたのでなんとなく足が台所に向かうものの、作る気力も食欲もない。

──俺、可畏のことが好きなんだな。

潤は土間に下りることもなく突っ立ったまま、息を吸い込んで顔を覆う。

冷却期間を置きたいとか、しばらく顔も見たくないとか、そんなのは嘘だ。

今朝までそう思っていたのが事実だとしても、今は違う。すぐに会いたくてたまらない。面と向かって、「捨てないでくれ」なんていいたくはないけれど、気持ちは限りなくそれに近かった。ずっと熱く求めてほしい、誰にも譲れない、触れさせたくないと思ってほしい。

あれほどの執着を見せたあとに手放すなんて、拷問のような仕打ちだ。

一度手にした熱を失うのは、なんてつらいのだろう。

この寒い家の中で、体以上に心が凍える。

『聞こえてないなら、勝手に話すぞ』

可畏のことしか考えられない潤に、蛟が話しかけてくる。

両耳を塞いでみたが、案の定なんの役にも立たなかった。

『これまで仲間以外に話したことはないが、俺には、凪いだ水を介して遠くを見る力がある。水鏡《みずかがみ》と呼ばれる能力だ。俺は霧影島《きりかげ》にいながら、この一月半、お前のことを見ていた』

「……っ、俺を?」

蛟の声に反応したくなかった潤は、思いがけない言葉に声を漏らす。

今のが思念として届いていないことを祈ったが、実際どうだったのかはわからなかった。

蛟は潤の反応を受けたのか否か、『勝手に覗いて悪かった』と謝罪してくる。

『覗くって、可畏と俺の部屋を覗いてたってことか?』

我慢できなくなって問いかけた潤の頭に、真っ先に浮かび上がったのは竜人研究者、クリスチャン・ドレイクの顔だった。

盗聴器やカメラを部屋に取りつけられ、ありとあらゆる状況をクリスチャンに見られていたことは知っている。つまりはベッドの中まで覗き見られていたわけだが――最悪な話ながらに幾分救いだったのは、クリスチャンが可畏の実父であり、盗撮の目的は思い通りに繁殖計画を進めるために過ぎず、彼が潤に対して性的な興味を向けていなかったことだ。

覗き見たのが他人で、そのうえ多少なりと自分に気持ちを寄せている若い男となると、話は大きく違ってくる。

『可畏が母親を殺してまで守りたがっている人間に、興味があった』

『……だからって、覗きとかあり得ないだろ!』

『恋を知った可畏が羨《うらや》ましかった』

『――っ』

信じ難い言葉に絶句した潤は、台所に背を向けて寝室に戻る。

窓の外に全裸の蛟が立っているような気がしたが、単なる錯覚だった。

彼は今頃、スピノサウルスの姿で海の中にいる。仲間達が海底まで沈む中、比較的浅い所に身を潜めているのかもしれない。

『噂を聞いた時は、希少な雌のティラノを殺してまで守りたい存在がいることが不思議で……何しろ陸の肉食竜人は人間を餌扱いするのが普通だ。繁殖の上で役に立たない同性の人間と、まだ子を産める雌ティラノじゃ価値が違い過ぎる。しかも可畏にとっては実の母親だ。だから興味があった。俺とは違って完璧な進化を遂げ、何もかもすべて持ってる可畏が、竜嵜帝訶《りゅうざきていか》を殺してまで守りたい恋人はどんな人間なんだろうって……知りたくて知りたくて、どうしても抑えきれなかった』

恐竜の姿で思念を送ってきた蛟は、『許してくれ』と、改めて謝罪した。

いったいどういうシーンをどこまで見られたのか、考えただけで頭に血が上った潤は、蛟の声を聞くことを拒否する。

自分の意思でどうこうできるものではなかったが、『聞きたくない』という強い思念を蛟に向けると、その後は何も聞こえなくなった。

《七》

潤が霧影島に来て五日が経ったが、可畏は迎えにこなかった。

籠《こ》もっているとますます気分が落ち込むため、潤は蛟と共に毎日登校している。

そのたびに彼と手を繋《つな》ぎ、落ち葉で滑っても転ばずに済むよう導いてもらっていた。

実際、手を繋いでいても一度や二度は滑るので、制服やコートを泥だらけにしないためには仕方のない行為だった。

もちろん、蛟とそれ以上のことはしていない。

一緒に暮らしている相手と不仲でいることにストレスを感じる潤は、蛟のしたことに怒りを感じつつも、特にぶつかり合うことはなく、つかず離れずの関係を続けている。

また、蛟に頼んで水鏡を使ってもらい、入院中の森脇篤弘《あつひろ》の様子を間接的に知れたことで、潤の中にあった友の安否に関する不安は概ね消えていた。

病室に置かれた花瓶の水を通し、森脇の携帯画面まで覗き見た蛟が、目にしたメッセージのやり取りをメモに書きだして潤に見せたからだ。

その内容はどう考えても出鱈目《でたらめ》なものではなく、入院中で退屈している森脇が、芝や田村《たむら》と連絡を取っている状況なのは間違いないようだった。他にも、森脇が病室で読んでいた漫画のタイトルが彼の愛読書と一致していたり、見舞いにきた親や兄弟のイメージが、潤が記憶しているものと相違なかったりと、信用できる要素はいくつもあった。

ただし、潤が何度頼み込んでも、蛟が可畏の様子を語ることはない。

覗き見てはいるようだったが、可畏が今どんな状況で、どのように過ごしているのか頑なに口にせず、潤がキレかかりながら要求すると、「知らない方がいい」とだけ答えた。

それはつまりそういうことなのかと思うと、それ以上聞けなくなって気落ちする。

「なあジュンジュン、日本人は年に三回は先祖の墓参りに行くもんなんだろ？　お彼岸と盆の三回。そういうのってジュンジュンみたいに若い奴でも行くのか？」

教室の一番後ろで蛟と共に弁当を広げていた潤は、バリオニクス竜人の涼介《りようすけ》とモササウルス竜人の海彦《うみひこ》に挟み込まれる。

五日も一緒にいれば距離も縮まるが、彼らは刺身を始めとする魚料理の入った弁当を持ってきているため、潤に遠慮して離れた席で食べるのが日課になっていた。人としての見た目は少々いかついニ人だが、純粋な意味で人間に好意を持っているのが伝わってくる。

「そうだな、家族皆でちゃんとした墓参りってなるとお彼岸とお盆だけど、それ以外でも時々行くよ。うち、父親は散骨だったから墓に入ってないんだけどな」

「散骨って、海に流したのか?」

「うん、本人の希望で。粉々にしてもらって許可取って流した」

「そっか、じゃあジュンジュンの親父さんとは近いうちに会えるかも」

「俺らも海に消えるから」

おにぎりが詰められた弁当箱を前に、潤はどうリアクションすべきか迷う。

二人とも同情を求めているようには見えず、至極当たり前のこととして語っていた。

それをあまり重たく受け止めるのはよくない気がするが、さらりと軽く流せる話でもない。

「俺も、死んだら海に散らしてほしいって思ってるんだ。実際やってみて思ったけど、なんか自由な感じがしたから」

これまでさほど真剣には考えなかった自分の骨の行き場について言及した潤は、さらさらの白い粉になって海と風に散る終わり方と共に、普通の人間が予想できない終わり方についても考える。

いつか自分は恐竜に食い殺され、この世から跡形もなく消えるかもしれない。

可畏とは離れても、結局こうして水竜人の学校で毎日過ごしているのだから、普通に老衰で死んで火葬されて、人間らしく骨になって終われる気がしなかった。

「おい、飯時だぞ」

「あ、ごめん。なんか暗くなってた」

「飯は美味しく」

「ごめんてば」

潤は机を寄せて正面に座っている蛟に謝り、ラップで包まれたおにぎりを手にする。

自分も手伝ったが、主に蛟が作った物だ。

油を軽く塗って塩を振ってある焼き海苔を巻いて食べると、パリッといい音がする。

握ってあっても一粒一粒の存在感が強い米の中から、生姜《しょうが》の効いた細切り昆布が現れた。

胡麻《ごま》の香りもふんわりと漂い、食べているのに腹が鳴る。

「うん、凄く美味しい。煮物も綺麗《きれい》に面取りしてあるし、蛟は器用だよな」

「それはどうも。お前は美味しそうに食べるから作り甲斐《がい》がある」

「蛟様は料理上手で頭がよくて、しかもロシア人と日本人のハーフだし、足が長くてイケメンだろ？　ジュンジュン、事情はよくわかんないけど付き合っちゃえよ。絶対お似合いだし」

海彦は一昨日から似たようなことばかりいってきて、一緒になってバリオニクスの涼介まで執拗《しつよう》に蛟を推してくる。

挙げ句の果てに、「海王様を幸せにできるのは潤くんしかいないと思うわ」と、学年唯一の女子まで口を挟む始末だった。人間としての見た目は可愛らしいこの女子の背後には、カバに似た水棲恐竜タラルルスの影が聳《そび》えている。

――スピノの雌……全然見かけないし、蛟の相手は……。

蛟自身だけではなく、他の生徒まで蛟と潤の関係の進展を望んでいることから、潤はスピノサウルス竜人が置かれている状況を察していた。この学園は共学にもかかわらず女子の比率がとても低い。そしてどこにもスピノサウルスの雌はいなかった。

——他の国とか行けば、いるのかな……交配相手。でもそういう相手は恋愛とかの対象じゃなくて、子供を残すために義務的に交尾するだけなのかもしれない。子供を作ってもそのあとすぐに人としての寿命が来て、残る人生はスピノの姿で海の中……。

憐憫《れんびん》を胸に抱きながら、潤は白菜の漬物を齧《かじ》る。

柚子《ゆず》が香る漬物を噛《か》み締め、溢れる旨《うま》みを味わいながら蛟の顔を真っ直ぐに見た。

この同情心は、おそらく彼に伝わってしまっているだろう。

返事が来ないが、表情だけで読み取れるものがあった。

『スピノサウルスの雌は？』

潤が思念を投げると、蛟は箸を止めて視線を上げる。

ブルーグレーの瞳は憂いを湛えていて、答えは聞く前からわかった。

『ロシアに一つ年上の雌がいたが、発情期を迎える前に死んでしまった』

『——っ、そんなに若く？』

『人間の科学力は年々進歩し、深海に隠れたからといって安全とはいえない時代になってる。俺達の遺伝子は、人間に存在を暴かれる前に消えたがっているのかもしれない』

『どうして、水竜人ばっかりそんな目に』

『人は水の中で生きるものじゃない。陸の竜人との戦いを避けて海に逃げた時点で、終わりは見えてたんだ。陸の連中とは違って一日の半分を恐竜の姿で過ごす俺達が生き続けていると、いつかは竜人という存在が明るみに出て、陸で生きる竜人の身にも危険が迫るだろう。誰かに駆逐されるわけでもなく自然に滅びていく以上、俺達の滅びは必然だと思う』

『必然……』

『飯時にする話じゃなかったな』

蛟は自嘲《じちょう》気味にいうと、再び箸を動かした。

この五日間、潤に合わせて精進料理を作り、そればかりを口にしている。

時折、『お前が好きだ』『お前が欲しい』という思念が飛んでくることもあり、それは人型の時よりもむしろ、スピノサウルスとして海底にいる時に届くことが多かった。

——蛟は優しいし、面倒見もいいし、俺……同情とか淋しさとかそういうので、どうなるかわからないよ。俺と蛟が付き合うようなことになっても、ほんとにいいのか？

潤は二つ目のおにぎりに真っ黒な海苔を巻きながら、可畏の姿を思い描く。

会いたいと思う気持ちは健在だった。恋しくも愛しくもあり、恨めしくも思う。

五日経っても迎えにこない以上、可畏は後悔などしていないのだろう。

日曜の朝のフェリーを使って、何か連絡をしてくるだろうか。

——絆《ほだ》される前に、家に帰りたい。別れるなら別れるで……解放してほしい。

自分は順応性が高く立ち直りも早いタイプだと自覚している潤だったが、他の男に払い下げられたと取れる今の状況に慣れることはできなかった。

学校に来て授業ＤＶＤを見たり、子供達が校庭で遊ぶ姿を眺めたりしていると気が紛れたが、夜になれば可畏がいないことを痛感する。

朝、目覚める時も歯を磨く時も、そのあと可畏のために何かする必要がないのだと思うと、泣きたくなるほど淋しくなった。

森脇を襲ったことを深く反省しているなら、それはもう許すから、早く迎えにきてほしい。

虹彩に血の色が交ったあの瞳で見つめられ、「お前を誰にも渡さない」といわれたい。

他の誰でもなく、可畏にだけ迫られたい。家に帰るより、可畏の所に帰りたい。

『俺、もう限界かも。日曜のフェリーで絶対帰る。可畏と直接話し合う』

弁当箱の蓋を閉じた潤は、先に食べ終えた蛟に思念で強く訴えた。

何も知らない涼介や海彦が、不思議そうな表情を向けてくる。

可畏への当てつけもあり、あえて蛟の手に落ちてしまおうかと思った瞬間が一度もなかったわけではないが、潤にはやはり無理だった。今はただひたすらに、可畏に会いたいと思う。

《八》

五日目の夜は、それまでと同じように何事もなく終わった。

六日目の朝も、それまでと同じように始まるのだと思っていた潤《じゅん》は、手足の異様な冷たさに目を覚ます。体も冷えていて、かけていたはずの電気毛布と掛布団がなくなっていた。

「――ん？」

障子の向こうはまだ暗く、蛟《みずち》が帰ってくるには少し早いように思ったが、彼はすぐ目の前にいる。畳の上に膝立ちになりながら、仰向《あおむ》けで寝る潤を見下ろしていた。

出かけた時と同じ浴衣を着ていて、まったく濡《ぬ》れていない。

これに関してはいつものことだ。海から縄梯子《なわばしご》を使って上がってきたばかりでも、蛟の体に水滴がついていることはなかった。多少の覆水を盆に返せるように、彼は水分を操り、濡れた髪や体を一瞬で乾かせる。

「何、してるんだ？」

潤は夢かうつつか疑いながら、自分の左腕を凝視した。

浴衣の袖から出ている白い腕に、注射器の針が刺さっている。

痛みは感じなかったが、注射器その物と、中の液体の色に戦慄《せんりつ》を覚えた。

蛟の手により少しずつ体内に注入されているのは、どう見ても血液だ。

「な、何やってんだ！　やめろ！」

飛び起きて阻止しようとした潤は、手首と足首、そして左肘にも強い圧を感じる。

眠りの中で異様に冷たいと感じたのは、固まった水で四肢が拘束されていたせいだった。

水が固まった物は氷のはずだが、しかしそこまで冷たいわけではない。

冷水程度の温度でありながら固まる様は、まるで透明の樹脂の輪のようだった。それが畳にがっちりと張りついて枷《かせ》になり、潤の手足をびくともさせないほど強く押さえている。

「蛟、なんだよそれ！　やめろ……っ、何やってんだ！」

注射器の中身は徐々に減り、針を刺された辺りに冷感を覚える。

必死に暴れてみても、布団や浴衣が乱れるばかりだった。

肝心の左腕は手首と肘の両方を固定されているため、注射から逃げることはできない。

同じ言葉を喚《わめ》き続けるうちに、注射器は空になった。

やめてくれと叫んで求めたのが遅れて聞き届けられたかのように、スッと針を抜かれる。

空いたはずの穴は可畏《かい》の血液から得た治癒能力によって、瞬く間に塞がった。

皮肉にも、今の注射の中身を一滴残らず皮膚の下へと封じ込める。

「だ……誰の……誰の、血……」

「俺の血だ」

「なんで、なんでこんなこと！」

「説得してついて来てもらうのは、難しいとわかったからだ」

注射器の針にキャップを嵌《は》めた蛟は、普段と変わらない表情で見下ろしてくる。

滅びゆく者という先入観があるからなのか、憂愁の色が濃く見えた。

「ついて来てもらうって、どういう意味だ？」

水竜人の血を体内に輸血されたことで、自分がどうなってしまうのか——怖くて怖くて逃げだしたくてたまらない気持ちと、早く答えを教えてほしい気持ちが鬩《せめ》ぎ合う。

暴れようにもろくろく動けない体を揺さぶりながら、潤は蛟の答えを待った。

今この瞬間も体内で恐ろしいことが起きていそうで、肌が粟立って止まらない。

「海王スピノサウルスに愛され、その血を与えられた人間は人魚になり、水の中で息ができる体になったという記録がある」

「……っ、ぅ」

「お前の体は、暴君竜の血によって人間離れした物に変わってる。そこに俺の血を加えれば、さらに進化できる可能性が高い。ましてや俺の思念を受け止め、会話ができるくらいだ。俺はこの出会いこそが運命だと信じてる」

「ふ、ふざけんな！　なんで俺がそんな……っ、人魚とか冗談だろ⁉　運命とかそんなのは、お互いに感じてこそ成り立つもんだ！　お前にとってそうでも、俺にとっては違う！」

「運命だよ。潤……可畏に向けられるお前の笑顔を見ているうちに、胸が高鳴って止まらなくなった。お前は寛容で、明るくて、とても綺麗で可愛《かわい》い。種族を超え、暴君竜すらも恐れずに愛情を注ぐお前を、どうしても自分の物にしたかった。可畏から奪いたくて仕方なくて、だが俺の立場では暴君竜に逆らえない。お前が可畏に向ける笑顔や媚態《びたい》を、水鏡を通して見ていることしかできなかった」

らしくないほど熱っぽく語った蛟が、帯に手を伸ばしてくる。

何をされるかわかった潤は、自由に動かせる首を大きく振った。

「や、め……やめろ、俺に触るな！」

「お前を諦めるしかないと思い、飯が喉を通らなくなっていた時に、繁殖相手の雌が死んだ。遺伝子を継ぐことができなくなった俺は、突然自由になったんだ」

体ごと左右に揺さぶった潤は、帯の端を摑《つか》まれて引っ張られる。

逃げることは敵《かな》わず、固まった水の輪が四肢に食い込んで痛かった。

「蛟、やめろ！　お前の状況がどう変わったって、それは俺には関係ないんだ。俺が愛情とかそういうのを注げたのは相手が可畏だからで、誰にでもそうできるわけじゃない！　無理やりどうこうしたって、お前が満足する結果には絶対ならない！」

ただでさえ乱れていた浴衣は、帯を解かれることで大きくはだける。白い胸が露になり、凍えて痼《しこ》った乳首まで蛟の目に晒《さら》された。

膝に触れられ脚を開かれると、全身に震えが走る。

「そうだな、その通りかもしれない。俺は思い上がっていて、お前という人間をよくわかっていなかった。可畏のように暴力を振るわず、食の好みを合わせ、平穏な生活を送っている姿を見せれば、可畏よりも俺を選んでくれると信じてた」

「そんなわけないだろ！　俺は付き合う相手を条件で選んでるわけじゃない。可畏が俺を蛟に払い下げて、そのせいで俺が今ここにいるんだとしても、じゃあ乗り換えるってわけにはいかないんだ！」

だって俺は、やっぱり可畏が好きだから――。

胸に秘めた言葉が蛟に届いているのを覚悟しながら、潤はそばにいない可畏を想う。

何もかも許すから、迎えにきてほしい。もう一度やり直したい。もし本当に終わらなければいけないとしても、会って話し合わなければ耐えられない。

「お前と可畏を繋いでいるものはなんだろうって、ずっと考えていた」

「――っ、あ……」

胸の突起に触れられ、腰がひくつく。頭ではいくら嫌だと思っても、男に抱かれる体として開発された潤の体は、わずかな愛撫《あいぶ》で反応した。不快感とは裏腹に、快感が背筋を駆ける。

「お前は快楽に弱い。だから、屈強な竜人の体に溺れたんだ」

「ち、がぅ……そんなんじゃ、ないっ」

「説得力のない反応だな」

「く、ぁ！」

下着の上から性器に触れられた途端、甘い吐息が漏れてしまう。

可畏に初めて触れられた時もそうだった。

異性にされるなら男らしい快楽の示し方ができたことでも、同性にされると反応が変わる。

抱かれる立場を当たり前に受け入れているかのように、細めの喘《あえ》ぎ声を漏らしたり、大きく身を仰《の》け反《ぞ》らせたり、雌っぽく乱れるのを止められない。

「やめ、触んな……！」

「ここは触られたがってる。ほら、触れなくても俺の掌に近づいてくる」

「——っ、ぁ……」

潤の下着の膨らみからわずかに手を浮かした蛟は、宙で性器を撫《な》でる動きを見せた。

実際に触れられていないにもかかわらず、潤の股間には愛撫される感触が蘇《よみがえ》る。

知っている手は可畏の手であり、求めているのも可畏の手だったが、むくりと起き上がった性器が到達したのは蛟の手だった。

「ん、あ……っ」

滑らかな生地越しに掌を動かされると、正気などたちまち崩れてしまう。

長い指の先で先端を何度も撫でられるうちに、腰に危うい痺《しび》れが走った。

達したい体と達したくない心を二つに裂かれ、快楽が酷く苦しい。

「俺が人型を保てなくなった時、島の仲間は全員海に還る」

「――っ、う……」

「群の王が後継者を残さずに去る時は、仲間も共に地上から去るのが水竜人の掟《おきて》だ。子供達も含めて、掟に従い、俺と共に海に還るといってくれた。お前も一緒に来てくれ。人魚になって、海の底まで」

「ん、うぅ」

身を伏せた蛟に唇を塞がれた潤は、扱かれ続ける性器から意識を逸らす。

蛟の手で容易に達《い》くのが嫌だった。キスも嫌で、本当は噛みつきたくてたまらない。

けれども唇を噛むことでさらに蛟の血を取り込むのが恐ろしく、歯列に力が入らなかった。

人魚になんてなりたくない。

そんなものになって暗い海の底で息ができたとしても、少しも嬉しくない。

霧影島に誰もいなくなった状態で、自分だけは必要に応じて陸に上がり、人としてこの家で過ごしたり、海底の蛟と会話をしたりすることになるのだろうか。

おそらくそれが彼の望みだ。

仲間の死を看取るばかりの蛟にとって、気に入った人間と思念会話ができることは嬉しく、孤独を紛らわせることも運命を信じることもできたのだろう。

しかし他者と交わる運命は、独りで勝手に決めるものじゃない。

いくら心が動いても矢印が一方通行のままなら、それはただの片想いだ。

「う、ぅ……く」

「――ッ、ン」

唇を塞がれたまま下着を引き下ろされ、濡れた性器を弄《いじ》られる。

達くのをこらえたところで零れる物まで止めることはできず、蛟の右手からクチュクチュと粘質な音が立った。

膨らみが限界まで達しているうえに、追いかけてくる冷たい舌から逃げられない。

『蛟、やめろ！　俺は、お前のこと……嫌いになりたくない。お前が俺に何をしても、可畏と同じように想うことなんて絶対できない！　俺の心が読めるならわかるだろ⁉』

後頭部が布団に埋まり込むほど深い口づけを受けながら、潤は思念で抵抗する。

さらに続けて、『お前の冷たい唇は好みじゃない。優しくされてもいい人以上に思えない。多少乱暴でも可畏がいい！　俺は可畏に対して運命的なものを感じてる！』と、蛟に割り込む隙を与えない勢いで訴え続けた。

「ふ、あ……っ、ぁ！」

心の叫びを裏切って、潤の体は大きく弾ける。

蛟の手指で扱かれ続けた性器から、信じ難いほどの精液が溢れだした。

むき出しの胸にボタボタと音を立てて降り注ぎ、恥ずかしい性臭を振り撒《ま》く。

潤自身が止めたいと思っても止まらない。溜め込んでいた若い欲望は留まるところを知らず、壊れた蛇口のように大量の粘液を撒き散らす。

「く、あ……っ、ぁ」

「お前はやっぱり快楽に弱い。もっと早くこうして、毎朝抱いてしまえばよかったな」

「──っ、蛟……もう、やめ……触るな！」

「残り時間が少ない身で、惚れてもらおうなんて思った俺が馬鹿だった」

「う、ぅぁ……！」

蛟の唇が鎖骨に迫り、精液を舐《な》め取りながら胸へと滑る。

尖《とが》った乳首を舐められた途端、潤の体は再び弾けた。

達したばかりの性器から、白い残滓《ざんし》が噴きだす。

「……や……ぁ、可畏……！」

助けてくれ──。

可畏に向けて強い思念を送った潤は、涙で滲《にじ》む天井を睨《にら》み据える。

どんなに念じたところで可畏に届くはずもなかったが、それでも繰り返し助けを求めた。

蛟に預ける形で払い下げたという考えは誤りで、そんな事実はどこにもなく、本当は今頃、心配して捜してくれていたらいい。

「やめ、ろ……そこは……！」

蛟の体が足の間に向けて少しずつ下がり、膝を大きく割られた。

乳首から臍《へそ》に向けて舌と唇を滑らせた蛟は、濡れそぼつ潤の性器に唇を寄せる。

達して間もない過敏な肉孔に尖らせた舌先を当て、性管の中まで穿《ほじ》るように舐めてきた。

「く、あ……ぁ！」

蛟の行為はそれだけでは止まらず、艶《なま》めかしく動く手が腰の方まで伸びてくる。

布団に尻を押しつけて逃げても追われ、精液を纏った指で肉の谷間を探り当てられた。

やめろ、やめてくれ——と、声でも思念でも抵抗した潤だったが、それらが聞き入れられることはない。

「ひ、あぁ……ッ！」

性器に触られるのと後孔に触られるのとは違うことを、潤は嫌というほど痛感する。

そこだけは絶対に、可畏以外には触られたくない。

仮に可畏が許したとしても、自分は他の誰に許すこともできない。

だから嫌で嫌で、涙が溢れるほど嫌なのに、蛟の指は容赦なく侵入してくる。

「う、あ……ッ」

「──ッ、ン……」

しゃぶられながらズプズプと指を動かされて前立腺を刺激され、気持ちいいと思ってしまう自分が死にたいくらい嫌だった。

可畏の愛撫でなければ、不感症のように何も感じない体になりたいのに──リアムに鉄塔の上で襲われた時も、蛟に組み敷かれている今も、体は確かに反応している。前立腺を弄られることも口淫をされることも全部、どんなに否定したくても快楽に繋がっていた。

「や、だ……嫌、だ……！」

蛟の指は明らかに挿入の準備をしていて、狭隘《きょうあい》な窄《すぼ》まりを指で拡張している。

指だけでは済まなくなるのを避けたい潤は、必死で歯を食い縛った。

そうしたことで何ができるわけではなかったが、四肢を拘束している水枷から逃げられないものかと、渾身《こんしん》の力を手足に籠める。

──外れろ！　こんなの、金属でもなんでもない……ただの水だ！

両手首と足首、さらには左肘を畳や布団に押さえつけられながら、潤は関節を外して逃げることを考える。

そんな忍者のような技が現実にできるとも思えなかったが、可畏の血によって骨が折れてもすぐに治るようになった体を、今こそ活用すべきだと思った。痛みも怪我も顧みずに捨て身の抵抗をすれば、何かが変わるような気がしてくる。

「やめろ——ッ!!」

蛟が自らの股間に手を伸ばした瞬間、潤は利き手を大きく振り上げた。

力を入れても動かなかった拳が突然動き、勢い余って蛟の頭部に向かう。

「——ッ、ウ……!」

ガッと鈍い音がして、蛟のこめかみから血の玉が飛び散った。

しかし散ったのは血だけではない。それ以上に多くの水が視界に飛沫《しぶ》く。

まるでCG映像をスロー再生しているような、不思議な光景だった。

潤の右手首を拘束していた水枷が水滴と化し、空中で蒸発する。

左手や両足の水枷も、これまでの硬化が嘘のように溶けた。

すべてはただの水になり、布団や畳に広がっていく。

「あ、俺……っ」

右拳に人を殴った痛みを感じた潤は、動揺しながらも浴衣の襟元を引き寄せた。

下着も引っ張り上げ、後退しつつ帯を締める。

——今のって、今の水の変化って……!

水枷が溶けた現象に関して、潤には何か得体の知れない感覚があった。

渾身の力を籠めたから液体化したのではなく、自分の意思でそういうことができたような、
漠然とした実感を覚えている。

「今のは、お前がやったんだ」

「……っ、蛟……」

「現に今、お前の目は青く光ってる。素晴らしいな、やっぱりただの人間じゃない。生来持ち合わせる常人離れした感応力と、暴君竜の血による治癒能力。そこに俺の血が加わり、早くも人魚として目覚めつつあるんだ」

「人魚……」

　自分の足はあるのか、鱗《うろこ》が生えてきてはいないか――確認したくても怖くて足元に目を向けられなかった潤は、蛟の瞳に囚われる。

　ブルーグレーの神秘的な虹彩が、今は爛々と輝くマリンブルーに変わっていた。

　こめかみの傷は未だに塞がらず、頬に向けて細く血が流れていく。

　潤の爪が当たったのか、思いのほか深く痛々しい傷だった。

「水を自在に操ることができれば、海底で息ができるだけじゃなく、衣服すら濡らさずに済む。皮膚がふやけることもなく、俺の背びれに摑まってどこまでも沈んでいける。それに、人魚の目を持っていれば海は決して暗くない」

　そう語る蛟の目には、夢見るような光があった。

　果てしなく深く静かな海底に沈み、スピノサウルスの姿をした蛟と思念会話を交わすという、潤にとってはこの世の終わりのような時間が、彼には至福に感じられるのかもしれない。

「——淋しいから……か？　種が滅ぶのは仕方ないと思ってても、悲しくて淋しくて、独りで過ごすのはつらい。だから、俺を道づれにするのか？」

「お前を大事にする。どうか、俺と一緒に来てくれ」

「無理だ……っ、体質がどう変わったって、俺は人間なんだ！」

「海はお前が想像してるほど恐ろしい場所じゃない。可畏と楽しんだハワイの海は綺麗だっただろう？　俺ならすぐに連れていける。命ある限りどこにだって連れていく。俺が知っている海底は、この世でもっとも美しい世界だ」

マリンブルーの瞳を煌《きら》めかせながら手を差し伸べられた潤は、畳の上を後ずさる。

ハワイの海といわれたことで、これまで想像していた何もない暗闇とは異なる光景が浮かび、グレートバリアリーフや沖縄《おきなわ》の珊瑚礁《さんごしょう》が頭を過《よ》ぎったが、だからといって差し伸べられた手を取る気にはなれなかった。大事なのは、どこに行くかではなく誰と行くかだ。

「……っ、お前は……それと、この島の人達は……竜泉にいる竜人達よりもずっと人間らしく生きてるように見えるけど、ほんとは違う。人間に憧れて、ごっこ遊びをしてるだけだ。海に引きずり込まれる人間の気持ちをわかってないし、結局こうして強引に奪おうとするところも、生に対する執着が薄いところも全部、人間らしさがない！」

迫ってきた蛟の手を払い除けた潤は、壁にかけてあった学ランに手を伸ばす。

蛟と同じ屋根の下にいるのが耐えられず、外に出るつもりで襖《ふすま》を開けた。

後ろ手に閉めても追われることはなかったが、転がるような勢いで玄関に向かい、その場で着替える。素足で直接スニーカーを履くと、またしても転がるように外に出た。

――可畏……！　迎えにきてくれ、頼むから！

潤を守るために実母と兄二人を殺し、その後も事あるごとに部下に暴力を振るって、苛立《いらだ》ち任せに潤の友人を痛めつけた可畏――彼がやったことは、間違いなく人の所業ではない。

ティラノサウルス・レックスの遺伝子を持つ竜人だからこそ、辛うじて許せる非常に外道な行いだったが、けれども潤には、蛟よりも可畏の方が余程人間らしく感じられた。

可畏は罪を犯す裏側で、深い苦悩を抱えている。

自らが犯した罪に、魘《うな》されるほど苦しむ夜もあるのだ。

一方的な価値観で無理強いして、罪を罪とも思わず、夢見がちに目を輝かせていた蛟の方が遥かに異様に思えた。

「……ッ、ハ……ハ……」

夜明け前の森を駆け抜けた潤は、何度か転びそうになりながら校舎に向かう。

月明かりと校舎の非常灯、わずかな外灯の光を頼りに進んだ。

重たい霧の幕の向こうに建物の輪郭が見えた頃には、体が熱を帯びる。

外気は冷たくても心臓は熱く、静寂の中に鼓動と呼吸音が響いた。

フェリーが来る日曜日の朝まで、蛟と顔を合わせずに済むか否かはわからないが、今の潤が身を寄せられる場所はここしかない。硝子の一枚や二枚割ってでも校舎内に入り、暖を取って凌《しの》ぐつもりだった。

――保健室には布団があったし、給湯室にはコンロがあった。とにかく寒さをどうにかして、フェリーが来たら絶対に帰るんだ。最悪でも、フェリーから電話を入れて助けを呼ぶ。可畏の番号はわからないけど親のはわかるんだし、警察沙汰《ざた》にしたっていい。とにかく帰る！

濃霧よりも白い息を吐きながら、潤は木造校舎の正門に駆け寄る。

本気で硝子を割る覚悟があったが、試しに触れてみた正面扉は難なく開いた。

家にすら施錠しない水竜人の間に、防犯という概念はないのかもしれない。

海王スピノサウルス以外に上下の差はなく、島の住人が協力し合い、子育てをしたり学問に精を出したり人間らしい生活をしたり、それはよいことのように思えるが、その一方で、人が当たり前に持っている我欲を無視した不自然な生き様にも思えた。

異国の小さな村というならいざ知らず、日本である以上、潤の目にはどうしたって違和感のある集団に感じられる。

――見た目は普通の学校だし、ここの空気、嫌いじゃなかったけど……。

ミシミシと床が軋む校舎に侵入した潤は、下駄箱の前まで来て足を止めた。

誰かの視線を感じた気がして、ぎこちなく首を動かしながら振り返る。

蛟が追いかけてきたのかと思うと、生きた心地がしなかった。

凌辱《りょうじょく》されるのもキスをされるのも、無理やり海に引きずり込まれるのも耐えられない。

――外に誰かいる。蛟じゃない……何人か、いる。

校舎内を走って逃げるべきか迷った潤は、泥のついたスニーカーを彷徨《さまよ》わせる。

硝子の向こうに見えたのが、ここ数日友人のように言葉を交わした同学年の男子に見えて、躊躇《ためら》いつつも自分から扉を開けた。

「ジュンジュン、海王様を悲しませないでくれよ」

正面玄関から校庭にかけて、知っている顔が並んでいる。

代表者のように先頭に進みでてたのは、バリオニクスの涼介だった。

他にも、タラルルスやモササウルスの影を背負った水竜人がずらりと並んでいる。

日中と同じ学ラン姿の者もいれば、浴衣やTシャツ、スエット姿の者もいた。

蛟とは違って水分を自在に飛ばせないのか、ぐっしょりと濡れた髪をした者ばかりだ。

女子や児童も交ざり、学年も区々《まちまち》で次から次へと霧の中から現れ、やがて三十名を超える水竜人が潤の前に立った。一見すると不気味で恐ろしい光景だが、彼らは一様に真剣な表情を浮かべて、敵意のない目を向けてくる。

「海王様は、俺達とは出来が違う。クリスチャン・ドレイクの申し出を受けて研究対象にさえなれば、もっと長く人型を保てる可能性があるのに、そうしなかったんだ」

「……え？」

強面を苦しげに歪《ゆが》めた涼介の言葉に、潤は困惑しながら立ち尽くす。

正門の扉に身を隠しつつ、「どういう意味だ?」と返したのは、だいぶ経ってからだった。

「短命かつ不便な体を持つ代わりに多才といわれる海王スピノサウルスの特殊能力と、遺伝子情報をすべて開示すること。それが、竜人研究者クリスチャン・ドレイクが海王様に出した条件だった。その条件さえ呑めば延命できる可能性があるのに……海王様は他のスピノと同様、そういう道を選ばなかった」

「……どうして、なんだ?」

「水竜人には、陸の竜人に気づかれるとまずい力があるからだよ」

涼介に続いて答えた海彦が、意味深な笑みを浮かべる。

わけがわからず息を呑んだ潤に向かって、涼介が再び口を開いた。

「人魚を食らうと不老不死になるって伝説が、人間の世界にもあるだろ?」

「聞いたこと、あるような、ないような……」

「俺達にも似たような伝説があるんだ。伝説っていうより、真実だけどな」

「奴らから見たら短命で取るに足らない水竜人の体には、他の竜人の細胞を劇的に若返らせる人魚玉の核が眠ってる。ただしそれは、俺達自身が望み、死と引き換えに発現させない限りは決して生まれない幻の玉だ。そんな物があることが奴らに知られたら、どうなると思う?」

「……ッ」

涼介に問われても、潤には想像がつかなかった。

研究のためなら我が子も平気で傷つけるクリスチャン・ドレイクの顔や、恐竜同士の激しいバトルを思い起こしたが、それ以上のことを考えるのを頭が拒否している。獰猛《どうもう》な肉食竜人が若返る秘薬を見つけたとしたら、血腥い争奪戦になるのは火を見るより明らかだ。

「これまで弱者として捨て置かれていた俺達は、捕らえられて強制的に繁殖させられ、奴らの指示に従わなければ拷問を受けるだろう。その苦しさに負けて人魚玉を作ったあとは、魚の粗《あら》同然に捨てられるんだ」

「自分が研究対象になることで、水竜人の秘密が洩れることを避けたかった海王様は、延命の道を捨てて滅びを選んだ。それでも子孫は残せるはずだったのに、繁殖相手まで失って状況は最悪だよ。あとはもう、海に還る日を待つしかない」

「何も望まず、誰よりも島の皆の面倒を見てきた蛟様が、初めて強い願望を口にしたんだ。『一緒に生きてくれるパートナーが欲しい』って」

「人魚姫を見つけたって、そういってた」

涼介や海彦を先頭にして徐々に近づいてくる水竜人を前に、潤は首を左右に振る。

校舎の扉を摑んだまま、彼らに向かって問いかける言葉を決めた。

最初のうちは、信じられない、あり得ないと思いながらも、一度は信じてしまったこと——可畏が自分を蛟に預けたという話に対する疑惑が、胸の奥で大きく膨れ上がる。

「俺は本当に、可畏に預けられてここにいるのか？」

可畏が自分を手放すわけがない。たとえ一時的でもあり得ない。欲しがっている者に預けるなんて、そんなことするはずがない。つまり自分は、可畏の意に反してここにいる。

可畏公認で預けられたのではなく、攫《さら》われてここにいるのだ。

「――どうなんだ？」

涼介も海彦も、他の水竜人も、誰も何もいわなかった。

それが何よりの証拠に思えて、潤は校舎の扉を閉める。

荒々しく閉じるなり、土足のまま一階の廊下を駆けだした。

全身の産毛が逆立つような恐怖に、足が縺《もつ》れそうになる。

自分がここにいることを、可畏は知らない可能性が高い。

そうなると、なんらかのアクションを起こさなければ助けてもらえない。

しかしそれは容易ではないはずだ。日曜の朝にフェリーが到着したらどうにかなるような、単純な話ではない。水竜人が、他の竜人に知られたくない究極の秘密――それを聞かされてしまった以上、可畏に助けを求める機会は得られない。

潤は、自分が置かれている立場を泣きたいほど思い知る。

――俺はこの島から出してもらえない。蛟の血を輸血された今、奴らに捕まったら海に放り込まれるのがオチだ。可畏の許になんて、絶対帰してもらえない！

廊下を走って階段を駆け上がった潤は、階下から迫る足音に怯《おび》える。

それなりに自信がある俊足を駆使して逃げようにも、糸の切れたマリオネットのように膝がばらつき、二階の廊下の途中で転倒した。何もない所で大きくつまずいて、板張りの床に肘を強《したた》かに打ってしまう。

「う、あ……ぅ……！」

廊下に転がった潤は、打った肘や膝に強い熱感を覚えながら顔を上げた。

伏せたまま後方を振り返ると、薄闇の中に無数の影が見え、足音が迫る。

階段を上がってきた涼介や海彦もまた、土足で向かってきていた。

「──あ……ッ！」

捕まったら最後。海に放り込まれる──危険を察知し立ち上がるや否や、潤の耳は懐かしい音を捉える。

思わず周囲を見渡したが、音は校舎の上から降り注いでいた。

なんの音かはすぐにわかり、同時に口角が持ち上がる。

この島に来てから毎日毎晩、空からこの音が聞こえてこないものかと密かに願い、想像していたものだった。

幻聴ではないことをひたすら祈りながら立ち上がると、涼介達が慌てた様子で反応する。

「お、おい……これってもしかして、ヘリの音……か？」

実在する音だと確信するや否や、潤の胸は眩《まばゆ》い光に照らされた。

明るくなったのは気持ちだけではなく、目に見える世界も同じだ。

上空から幾筋ものビームライトが照射され、校舎や校庭が白く照らしだされる。

——可畏……!

可畏が自分を迎えにきてくれた。

それだけで力が湧いてきて、疲労も不安もたちまち消え去る。

校舎の窓を開けることも、眩《まぶ》しさに負けずに上空を見上げることもできた。

身を乗りだして手を振り、全身全霊の力を籠めて可畏の名を呼ぶこともできる。

——来てくれた……俺の居場所に気づいてくれた!

竜嵜グループのロゴが入った大型ヘリコプターが、轟音《ごうおん》を響かせながら高度を下げた。

空気の圧まで感じた潤は、機体から躊躇いなく飛び下りる黒い影を目で追う。

「可畏……!」

人型で空から飛び降りれば、いくら可畏でも無事ではいられない。

それがわかっていた潤は瞬時に顔を強張らせたが、心配は無用だった。

可畏の体は空中で突如輪郭を崩し、着ていた制服が内側から破け、五体すべてが大きく膨れ上がる。

——凄い……可畏が恐竜化する瞬間、初めて見た!

空気中の水分を一気に吸収する可畏に向かって、校舎内の空気まで引き寄せられる。校庭には竜巻の如き砂嵐が現れ、集まっていた水竜人は誰しも身を低くした。風圧は凄《すさ》まじく、窓枠にしっかり掴まっていても心許ない。今にも木の枠がバキリと壊れ、校舎が丸ごと木屑になってしまいそうな危うさがある。

水竜人は可畏の着地に合わせて蜘蛛《くも》の子を散らすように逃げだし、校庭は瞬く間に蛻《もぬけ》の殻になった。

風に煽《あお》られながらも目を離さなかった潤の前で、遂に暴君竜が着地する。

ドオォォォ——ンッと凄まじい地鳴りが響き、木造校舎が上下に大きく揺れた。

倒壊はしないものの硝子が割れる音が続いて、あちこちから破壊音が聞こえてくる。

校庭の中央に二足で立ったのは、紛れもない暴君竜——黒色の皮と真紅の瞳を持つ、獰猛なティラノサウルス・レックスだった。見るからに難しいと思われる落下途中での変容を見事に遂げた可畏は、空に向かって雄叫びを上げる。

「可畏！」

その咆哮《ほうこう》にビリビリと震える校舎の窓から、潤は必死で身を伸ばした。

可畏の頭は屋根よりも高い位置にあるが、少し下げてもらえれば飛び移れそうに見える。

かつてのように、その頭に乗りたかった。どこでもいいからとにかく早く可畏の体に触れて、戻るべき所に戻ったことを実感したい。

『潤、待たせて悪かったな』

「可畏……！」

久しぶりに聞いた可畏の声が、頭の中に直接響いた。

蛟と思念会話を続けていた潤だったが、やはり可畏の声だと格別だ。

脳に直接届けられる可畏の声、その言葉、そして猛々しい姿に感極まって目が潤む。

ああ、やっぱりこの男だと思った。理屈じゃなく、全身全霊でそう思う。

可畏がいい。可畏じゃなきゃ駄目だと、自分の心が叫んでいる。

『しばらく安全な場所にいろ。鰐面野郎は俺が片づける』

「潤、私に摑まってください！」

「……あ！」

ヘリの音と重なって聞こえてきたのは、翼竜リアムの声だった。

背後に迫る大型の水竜人から逃げる形で、潤は空から差し伸べられた手を取る。

人型の時に限り、重力を無視した空中飛行が可能なティラノサウルス・プテロンの竜人——リアム・ドレイクは、ヘリに頼らず自力で宙に浮いていた。

竜泉学院の制服姿で、相変わらず長いストロベリーブロンドを靡《なび》かせている。

人間離れした美貌と、煌めく髪とピンク色の瞳、際立つ肌の白さも手伝い、後光を背負ってキラキラと輝く大天使のようだった。

「リアム！」

窓枠に膝や脛《すね》を打ちつつも、潤の体はリアムの力によってぐんぐんと浮き上がり、気づいた時には可畏の頭上を越え、校舎の屋根を見下ろしていた。学ランの裾《すそ》が風を孕《はら》んで広がって、短いマントで空を飛んでいる気分になる。

「遅くなってすみませんでした。散々捜した結果こんなに近くにいたなんて。灯台下暗しとはこのことですね。水竜人が反旗を翻すなんて想定外もいいところです」

「ど、どういうこと？」

「日本にいるなんて夢にも思わなかったんですよ」

リアムが潤の体を抱き直し、いわゆる姫抱きをしたところで、ヘリが速やかに去っていく。危険なプロペラが遠ざかったことにより上空は最も安全な場所になったはずだが、潤の体はガタガタと震えた。リアムのことを信じる信じないの問題ではなく、高い所はやはり恐ろしく、何より寒くてじっとしていられない。

「君が忽然《こつぜん》と姿を消し、同時に君の友人が何者かに襲われて一時拉致され、入院した。そして夜が明けるとすぐに、可畏の兄のうち三人がモナコに旅立った。当然、可畏は兄達の仕業だと思ったわけです。すぐにモナコまで追っていき、兄達を半殺しにして君の居所を吐かせようとしましたが、知らないの一点張りでした」

「モナコ？　可畏はそんな遠くまで行ってたのか？」

「状況的に考えて、可畏の兄のタルボ達の捨て身の報復としか思えなかったんです。わざわざ君の友人を攫って大学部の体育館で暴行を加え、君を誘《おび》きだすなんてことを……外部の人間がやるなんて思わないでしょう？　可畏の兄達は竜泉の卒業生や現役大学生ですから、そういうことをしても不思議ではなかった」

「ちょ、ちょっと待ってくれ……何がなんだか、意味がわからない」

潤はリアムの話を聞きながら、自分の記憶や認識との大きなズレに戸惑う。

大学部の体育館で森脇篤弘に暴行を加えたのは、間違いなく可畏だった。

誘きだすも何も、可畏自身が潤の鳩尾《みぞおち》を殴り、意識を失わせたのだ。

「兄達が本当に何も知らない様子だったため、可畏は次にクリスを疑いました。ハワイ経由でガーディアン・アイランドに向かい、危うく暴君竜同士のバトルを繰り広げるところでしたが、その前にクリスがようやく白状したんです。君と可畏の部屋の盗撮動画を、水竜人らしき者が盗みに入っていた事実を」

「──盗撮動画？」

「映像だけではなく音声も入ったものですから、犯人は可畏と君のやり取りを見たり聞いたりすることで、君を誘拐するネタを摑みたかったのかもしれませんね。或いは、ただ単純に君のことを知りたかったか……」

潤はリアムの首に両手を回し、自分からもしっかりと彼に摑まる。

空中で安定した体勢を取って下を見ると、どこからか指笛のような音が響いてきた。

その音を合図に、校舎内や校庭の隅に避難していた水竜人が動きだす。

大型の者も小型の者も、中高生も子供も全員が足並みを揃えて崖の方に向かっていった。

どう見ても退避だったが、それは無理もないと思える。二足歩行のバリオニクスはともかくとして、陸上では動けない種も多い。ましてや暴君竜を相手に戦える道理がなかった。

「蛟……！」

退避する水竜人の群とは逆に、こちらに向かってくる巨大な影が見える。

空から見ると明確に差がわかるが、汪束蛟が背負うスピノサウルスの影は、恐竜化した可畏よりも長く、体長は明らかに上回っていた。体高は可畏の方が上だが、太く長い尾は如何にも攻撃力が高そうに見えるうえに、重心が低く四足歩行のスピノサウルスは、二足歩行で前脚が短く小さいティラノサウルスよりもバランスがよく見える。

「ロシアにいたスピノの雌が若くして死んでしまったことを、可畏は知らなかったようです。クリスはもちろん知っていましたが、私は聞かされていませんでした。水竜人は寿命が短くて当たり前という認識ですし、死のうが生きようが私達には関係ないので」

リアムの言葉に、潤は何もいえずに息を呑む。

本来なら陸の竜人に逆らうはずがない水竜人が、危険な行為に手を染めた理由——汪束蛟の箍《たが》を外したきっかけが交配相手の死であるなら、それはあまりにも悲しいことだ。

蛟が潤に想いを寄せていたにしても、彼女さえ死ななければ何も起こらなかった。

こんなふうに可畏と蛟が戦うこともなく、可畏と自分が引き裂かれることもなかったのだ。

「可畏……蛟！　やめてくれ！　戦わないでくれ！」

潤の叫びも虚しく、霧靄《きりもや》に満ちた森の中で蛟が変容する。

可畏の変容によって一度は晴れていた霧が再び立ち込めていたが、またしても吸収された。

空気中の水分を一気に取り込んだ蛟の体は、背負っていた影を埋め尽くすように膨れ上がり、青光りするスピノサウルスへと変化する。

図鑑で見たスピノサウルスの姿は暗い緑色をしていたが、超進化によって海棲恐竜となった彼の色は鮮やかな青だった。瞳も同じく、透き通るようなマリンブルーに輝いている。

巨大化しているのは可畏と同じで、博物館の模型の二倍以上は確実にあった。

「鰐面のくせに、なかなか美しいですね」

「リアム……ッ、あの二人が戦ったらどうなるんだ⁉」

「可畏が勝ちます。スピノは四足歩行なので安定感がありますし、潜水のために骨密度が高く、超進化によって海底生活が可能な現在ではさらに重量が増して有利な点はありますが、決して可畏には勝てません。肉食恐竜と魚食恐竜では、牙の性質が違うんです。スピノの顎や牙には大型恐竜を仕留めるだけの力はない。ただし……海に落ちたら話は別です。ティラノは泳ぎが得意な恐竜ではないので、可畏は人型に戻ることになり、その途端バクリ、ですね」

「止めてくれ！　もっと高度を下げてくれ！　俺が止めるから！」

「いけません。可畏は君を攫われ、生死も知れない状態でどれだけ苦しい思いをしたか。昼も夜も眠れず、食事も喉を通らず、君の安否を知るために実兄三人を半殺しにして……私だって疑われて殺されかけました。竜王の恋人である君に手を出すということは、アジア全土の肉食竜人を敵に回すということです。汪束蛟はすべて承知のうえで君に手を出したんですから……その落とし前はきっちりつけてもらわないと示しがつきません」

「そんなことといったら、お前はどうなるんだよ！　許されてちゃんと生きてるだろ⁉」

「耳が痛い話ですが、私と蛟では立場が違います。私は雌雄同体のレアキメラであり、謂《い》わば高価値の雌といえるうえに、可畏とクリスの血族です。蛟は人型としての寿命はあと二年程度。数が少なく珍しいというだけで、なんの役にも立たない赤の他人なんですよ」

「そういう考え方、好きじゃない」

「事実ですから仕方ありません。彼ら水竜人は毎日必ず恐竜化しなければ生きられないため、人間に目撃される危険を常に孕んでいます。役立たずどころか、他の種の足を引っ張るだけの迷惑な種族なんです」

役に立つか立たないか。その基準に於いて、彼らは無価値な存在でいることを選んだ。

肉食竜人に若返りの効果を齎《もたら》す人魚玉を狙われることを恐れ、保護されずに滅びゆくことを決めたのだ。

「本当は非常に価値のある存在だ」と叫んでどうこうする気にはなれなかったが、それでも潤は、蛟が可畏に一方的に嬲《なぶ》られる展開を避けたくなる。

ただでさえ命の短い水竜人の命を、今ここで強制的に終わらせたくなかった。

「可畏！　やめてくれ！　俺……っ、何もされてないから！」

校庭で待ち構える可畏と、迫る蛟──両者の雄叫《おたけ》びによって、潤の言葉は搔《か》き消される。

リアムは高度を下げてはくれず、眼下は濃い霧に濁されていった。

大型恐竜が走る音が聞こえ、巨体がぶつかり合う音が続く。

最初に聞こえた絶叫は、可畏のものではなかった。

一瞬晴れた霧の合間から、スピノサウルスの首に食らいつくティラノサウルス・レックスの頭が見える。一度食らいついたら獲物が暴れても放さない鋸歯縁《きょしえん》が、深く食い込んでいた。

「可畏……！　やめてくれ！」

潤が叫ぶと同時に、スピノサウルスの尾が高々と持ち上がる。

可畏の尾よりも長くしなやかに動くそれは、宙で弧を描きながら可畏の顔を殴打した。

それでも可畏は蛟を放さなかったが、尾による攻撃を防ぐ手は文字通りないため、目に直接打撃を食らってしまう。赤く輝く瞳が真っ二つに裂け、そこから血が噴きだすのが見えた。

「グゥ、ウグ……ッ！」

「可畏──ッ！」

よろめいたティラノサウルス・レックスは口を開け、食らいついた獲物を解放してしまう。

四つ足で動けるスピノサウルスの逃げ足は速く、負傷しながらも瞬時に可畏の攻撃範囲外に退避した。

その動きは敏捷《びんしょう》な鰐のようで、驚いたリアムはたちまち高度を下げる。

「まさか、まさかこんな……可畏の圧勝だと思ったのに……というか、可畏の動き、おかしくありませんか？　何日も寝ていないせいで恐竜化しても体調が悪いのかもしれません」

「リアム、二人を止めないと！　可畏の目が！」

「大丈夫です。可畏は再生能力に優れていますから、目の一つや二つすぐに治せます。体調が万全ではないとしても、数分はかからないでしょう」

「……けど、その間に攻撃されたら！」

潤の不安は半分ほど的中し、スピノサウルスは四つ足を踏ん張りながら雄叫びを上げた。

しかし可畏に向かって突進することはなく、そのまま真っ直ぐ上を向く。

輝く青い瞳が捉えているのは、潤とリアムだった。

「あ……血が、蛟の血が……」

目と目が合った次の瞬間、スピノサウルスの体から血の玉が浮き上がる。

青い体から流れたはずの赤い血が、球体となってシャボン玉の如く浮いた。

それらは空中で一つの塊に結合しながら、二人に向かって飛んでくる。

リアムが避けても血の玉は意思を持っているかのように動き、リアムを執拗に追い回した。

ゆらゆらと揺れながら、遂にはリアムの頭を捕らえる。

「う、あ……ぁ、う、ぐ……ぅ！」

「リアムッ、大丈夫か⁉　なんなんだこれ！」

さながら赤いヘルメットを被せられたかのように、リアムの顔回りが赤くなる。

何が起きているのかわからなかった潤は、パニックに陥りながらも血の塊に触れた。

それはまるでゼリーのようで、リアムの顔から引き剥がすことも溶かすこともできない。

見る見るうちにリアムの表情が苦しげなものになり、血だまりの水槽に顔を突っ込んでいる状態と同じなのだとわかった。

――水を操る能力で……自分の血をここまで飛ばしたのか⁉　リアムを倒すために⁉

潤がそう認識するや否や、リアムは血水の中で身悶《みもだ》える。

酸素を求めて理性を失ったリアムは、潤を抱えていた両手を自分の首に持っていった。

その生理的な行動によって潤の体勢はたちまち不安定になり、自力でどうにかリアムの体にしがみつくしかなくなってしまう。しかし苦しんでいるリアムに無理やり縋《すが》ることも躊躇われ、空の上で迅速な判断を迫られた。

――蛟が作った水枷を……俺は壊せたんだ。大丈夫、これだって壊せるはずだ！

潤は窒息寸前のリアムの体にしがみついたまま、揺れ動く血の塊に片手を当てる。

リアムは苦しげに呻《うめ》きながら滅茶苦茶な飛行を続け、血を摑んで顔から引き剝がそうとしていた。しかし水を摑めないのと同じように、まったく無意味な行動になる。

「ううう、ぐ……ぅ——ッ！」

「リアム……ッ、落ち着いてくれ！　今なんとかするから！」

空から振り落とされる危険を感じながらも、潤は血の塊に念を送る。

溶けろ、溶けろ、溶けて液体に戻れ——何度も何度も繰り返した末に、潤の手指は血の塊のゼリーの中にめり込む。これまでできなかったことができた瞬間、塊は崩れて液化した。

「う、あ……うわ……ぁ……ッ！」

血の塊を液化させ、リアムを助けられた喜びに微笑《ほほえ》むや否や、潤の体は宙に投げだされる。

リアムは酸素が戻ったことに気づいていない様子で、完全に混乱していた。

落下する潤を追う余裕もなく、気の抜けた風船のように高速で飛んでいる。

『潤……ッ‼』

真っ逆さまに落ちていく瞬間、潤は可畏と蛟の声を聞いた。

濃霧の漂う空を垂直に駆け抜けながら、二体の恐竜が自分に向かって走る姿を目にする。

真下は崖だった。海面ではなく、あくまでも崖だ。校庭から少し離れ、森を抜けた所にある岩だらけの崖の上に、黒色のティラノサウルス・レックスと青いスピノサウルスが場所を競いながら争い、押し合い、そして両者は空に向けて大きく口を開ける。

――可畏……！

リアムが頼りにならない以上、可畏はそうするしかなかったのだ。

蛟も同じく、岩場に落下する潤を受け止めるには、口を使うより他ないと判断していた。

落下する自分の体をコントロールできない潤は、どちらの口内に落ちるかわからないまま、ひたすらに体を縮める。手足を折り込んで、できるだけ小さく丸く……牙に串刺しにされないよう祈りながら運に身を任せた。

――どうか、可畏の中に……！

蛟の口に入れば、助かったとしてもそのまま海に連れ去られる。

可畏に逆らって潤を攫った蛟には、この島を捨てる覚悟があり、そして潤の体が人魚として変化したと信じている以上、彼は当分陸には上がらず、潤を連れてどこまでも泳ぐだろう。

そうなればすべて終わりだ。可畏が竜王として多くの竜人達を動かそうと、人間として竜嵜グループの財力を使おうと、深海を制する蛟や彼の仲間を捕らえることは不可能に近い。

そして自分は二度と、可畏の許に帰してもらえなくなってしまう。

「うあああ――ッ‼」

自身の絶叫に耳を劈《つんざ》かれながら、潤は赤い口へと落ちていく。

直前に恐竜の呻き声が聞こえたが、どちらの声かわからなかった。

片方がもう片方を突き飛ばし、受け止めるポジションを確保したのは間違いない。

「ぐ、あぁぁ……っ、ぅ！」

崖を嘗《な》める波音がやけにはっきりと聞こえた刹那《せつな》、潤は恐竜の口の中に落下した。

体を小さく折り込んでいたために何も見えなかったが、少なくとも牙に当たらなかったのは確かだ。

落ちた先は弾力のあるゴムマットのようで、ずるりと滑って喉奥まで入りかけたところで、どうにか止まる。食虫植物に丸呑みされた、虫になった気分だった。

——どっちの口だ⁉　暗くてわからない……どっちだ⁉

落下の衝撃はあるものの大したダメージを負わずに済んだ潤は、舌と唾液の上でもがく。

ティラノサウルスとスピノサウルスでは口や牙の形状がまったく異なるが、前後左右の区別すらつかない今、暗闇の中で種を見極めるのは困難だった。喉まで呑み込まれないよう、滑る舌の上に留まるのがやっとで、伸ばした手も掴み所がないまま唾液に塗《まみ》れる。

——……っ、あ……見えた……外が……！

恐竜の口が少し開き、牙の間から月明かりが見えた途端、潤は自分の居場所を確信した。

肉食恐竜特有の、ステーキナイフのようなギザギザがついた鋸歯縁を見るなり、体の痛みも忘れて満面の笑みを浮かべる。

『潤、無事か⁉』

暴君竜の口に落ちたことを確信した直後、頭の中に可畏の声が届いた。

蛟との思念会話に慣れつつあった潤は、思わず思念で『大丈夫だ！』と返しかけたが、声に出さなければならないことにすぐさま気づく。

「俺は大丈夫だ！　怪我もしてないし！　可畏はっ⁉　痛かっただろ⁉」

『問題ない。そのまま俺の牙に摑まってろ』

「わ、わかった……なんとか摑まる！」

光と可畏の声により力を得た潤は、ぬるつく舌の上をよじ登りながら細めの牙を摑む。

肉を切り裂くための危険なギザギザは内側についているため、両手を組んで牙の外側に回し、ぶら下がるような体勢を取った。

「う、わ……ッ！」

どうにか体を安定させた直後、横方向から大きな揺れに見舞われる。

いきなりドンッと音がして、ほぼ同時に可畏が呻いたのがわかった。

状況を把握する前に、さらにもう一度同じ方向から衝撃が走る。

「可畏……！」

『潤！　摑まってろ！　呑み込まれるぞ！』

どうやらティラノサウルスに向かって、スピノサウルスが横から突撃しているようだった。

本来、頭突きに向いているのは頭や顎が強いティラノの方だが、可畏は今、口を開くことも頭突きを返すこともできない状態にある。

尾や後肢で反撃するにしても、どうしたって四足歩行のスピノサウルスの速度や安定性には敵わないため、口を封じられた可畏の立場は圧倒的に不利だった。

「可畏！　俺を吐きだしてくれ！」

足手纏いになりたくない一心で叫んだ潤は、可畏の牙にぶら下がったまま、三度目の衝撃に弾き飛ばされる。

「うっ、あぁ——‼」

牙に摑まっていられなくなり、気づいた時には口腔内でボールのようにバウンドしていた。

しかし依然として可畏の口の中だ。

可畏は戦いながらも決して口を開かず、生え揃った牙の内側に潤を閉じ込めたまま、後肢と尾のみで戦っている。

——ここで俺を吐きだしたら、踏み殺される危険があるからか⁉

可畏が自分を守ろうとしてくれているのに、何もできない——いったいどうしたらいいのか考えながら、潤は激しく揺れ動く可畏の口の中で身じろぐ。

どうにか舌をよじ登って牙に手をかけるものの、激しい揺れと唾液の作用で滑り、ずるりと喉の近くまで落ちてしまった。

——いっそこのまま……呑み込まれればいいのか？　そうだよな、そしたら口を開いて牙を使えるし、陸上で戦えば可畏が負けるはずない！

しばし苦しいかもしれないが、あとで吐きだしてもらえばいい――覚悟を決めた潤は、暗い喉の奥に目を向ける。可畏の母親に食われた時の恐怖が蘇ったが、大怪我をしていたあの時でさえどうにか助かったのだ。今はほぼ無傷であり、可畏の胃袋だと思えば怖くない。

「可畏……！　あとで吐きだせばいいから！　俺を……っ」

呑み込んでくれと叫びかけた潤は、一際大きな衝撃に吹っ飛ばされる。

粘膜だけではなく牙の内側にまで体を叩きつけられ、何が起きたのかわからなかった。

可畏の呻き声が聞こえたが、それでも可畏は口を開かない。

堅牢《けんろう》な鉄格子の如き上下の牙の隙間から、月が見えた。

『潤！　息を吸え！』

「可畏……ッ⁉」

『海に落ちる！』

スピノサウルスの体当たりにより崖から落ちたのだとわかったのは、可畏の言葉を理解したあとだった。たった今、ティラノサウルス・レックスの体が海に向かって落下している最中であることを認識するなり、潤は真の恐怖を知る。

リアムの手から離れ、空から恐竜の口に落ちた時も、胃袋に落ちようと思った時も、恐れはあってもこれほどの恐怖心はなかった。可畏がどうにかしてくれると信じていたからだ。

けれどもここからは違う。暴君竜は陸上の覇者であり、海は可畏の領域ではない。

——駄目だ……こんなの、最悪だ……！

海に落ちた瞬間、潤の体を囲い込んでいた口腔と牙が消えた。

まともに泳ぐために恐竜化を解いた可畏は、たちまち人型になる。

暗いはずの海の底に向かって沈みながら、潤は全裸の可畏の姿を目にした。

不思議なことに、可畏の体のラインは疎《おろ》か、表情や肌の色、目の色、そして可畏の体を取り巻く膨大な気泡まで、はっきりと見て取れる。いくら月が出ているとはいえ、真夜中の海中がこんなに明るいはずがないのに、むしろ陸上にいた時よりも視界が晴れていた。

——あ……モササウルス！　タラルルスに、バリオニクスも！

蛟の合図で海に退避していた面々が、獲物に狂喜乱舞するように集まってくる。

彼らの姿もまた、潤の目には信じ難いほど鮮明に見えた。特にモササウルスの大きさは目を瞠《みは》るほどで、水族館で見たシャチの迫力を大きく上回っていた。

——海彦……なのか？　こんなのに襲われたら、可畏も俺も丸呑みに！

クジラ級の海棲爬虫類《はちゅうるい》モササウルスに怯んでいた潤は、背後からぐわりと抱き留められる。

可畏を助けなければと思いながらも助けられ、水中で再び可畏と向き合った。

久しぶりにぎゅっと抱きつくと、自分が今するべきことが見えてくる。

身を挺《てい》して自分を守ってくれた可畏を、守りたいと思った。

——可畏……やっと、やっと会えた！

人型に戻った可畏は、何も諦めてはいなかった。

潤を抱きながら海面に向かって泳ぎ、ぐんぐんと上昇していく。

その泳ぎは人としては見事なもので、アスリートのレベルさえ超えて、それこそ人魚のようだったが、無論水竜には敵わない。そして可畏が向かう先にあるのは切り立った崖だ。砂浜に逃げて、そこから走って陸地に戻れるわけではない。

『蛟……蛟、いるんだろ⁉　やめてくれ！　可畏に手を出さないでくれ！』

潤は可畏に抱かれて水面を目指しながら、姿の見えない蛟に思念を投げた。

いつでも攻撃できる態勢を取るモササウルス達の間に、一際青い光が冴える。

蛟の目的は可畏を倒すことではないはずだ。それならとっくに食らいついてくるだろう。

彼らが攻撃してこないのは、可畏が潤と離れずにいるせいだ。

蛟が欲しいのは人魚化した潤であり、可畏を海に突き落としたのも、可畏が潤を口に入れたままどうしても口を開かなかったからだ。

『蛟！　可畏を無事に帰してくれ！』

『無事に帰せば、お前は俺の物になるのか？』

潤は水の中で息ができていることを自覚しながら、可畏に抱かれて浮上していく。

そうしている間もずっと、自分を見上げているスピノサウルスの青い目を見ていた。

海中でありながら眼球や喉が痛むことはなく、思うままに見たい物を見ることができる。

——俺がここで承諾しなかったら、可畏は人型のままスピノサウルスやモササウルスに襲いかかられて……殺される。この状況で可畏が勝つ術《すべ》なんて……ない、よな……。

潤は蛟に対する思念会話ではなく、自分の頭の中だけで考えていたつもりだった。

しかし結果的に思念を投げてしまい、『その通りだ』と返される。

腹立たしいが、本当になんの光明も見出せなかった。

陸は遠く、海の中は水竜だらけ。空を飛べるリアムが回復して助けにきてくれたとしても、彼が可畏の体を完全に引き上げる前に、水中から食いつかれて終わるだろう。

おそらくリアムが連れていけるのは可畏の腕一本だけ……最悪の場合、リアムまで海に引き込まれて命を落とすことになる。

「潤！　おい、生きてるか!?」

体はようやく海面まで出たが、ゼイゼイと激しく息をする可畏とは対照的に、潤はまったく息を乱していなかった。

その異様さに気づいたのか、可畏は潤の体を抱きながら目を剝く。

黒瞳を真紅に染めたまま、潤の顔を至近距離で凝視した。

「お前、目が青く……ッ」

「可畏……ごめん、俺……蛟の血を、スピノの血を輸血された。人魚にするっていわれて……本当にそうなったのかもしれないけど、俺は……お前の所に帰りたい！」

「潤……！」

「可畏じゃなきゃ嫌だ！　蛟……聞こえてるか⁉　聞こえてるよな⁉　もし俺が海に引きずり込まれてお前の手に落ちても、俺は絶対にお前を好きにはならない！　どんなに海が綺麗でも、お前が俺に優しくしても、俺は一生……っ、可畏の所に帰りたいと思い続ける！　俺をそばに置いたって、お前はずっと孤独なままだ！　絶対に、絶対に満たされることはない！」

可畏を救うため、今は一旦──蛟の手に落ちるしかない。

そう覚悟した潤は、可畏の体から離れようとする。

こうするしかないのだ。お互いに生きていればまた会えるチャンスはあるが、ここで可畏が食い殺されてしまったら、その先には何もない。

父親の死を経験している潤には、死が如何に取り返しのつかないものかよくわかっていた。

死ぬほど悲しいことがあってもつらいことがあっても、死んでさえいなければ、いつか必ず状況は変わる。その時は苦しくても、好転する日が来る。生きていてよかったと思える日を、二人で迎えられるはずだ。

「蛟……頼むから、可畏を……可畏だけは……っ」

「おい、お前は俺を誰だと思ってんだ？」

「──っ……」

可畏の命乞いをしようとしていた潤は、腰を強く抱き寄せられる。

正面切って睨まれたかと思いきや、額と額をガンッと当てられた。

思わず「アウッ！」と妙な声で呻いてしまうほどの頭突きを受け、目の前に星が飛ぶ。

断崖絶壁の際で立ち泳ぎをするしかない、絶体絶命のこの状況で粋がる可畏の言動に戸惑いながら、潤はいつしか滂沱《ぼうだ》の涙を流していた。

頭突きされた額が痛いが、それよりもずっと、心が痛くてたまらない。

理由はどうあれ、せっかくこうして再会できたのにまた離れ離れになるのかと思うと、嫌で嫌でたまらなくて、考えただけで涙が溢れてくる。

「嫌だ……やっぱ嫌だ……お前と一緒にいたい。帰りたい！」

「泣くな。それほど最悪の状況じゃねえ」

「……可畏？」

「食いつかれたら、奴らの喉元で恐竜化してやる」

可畏は潤の耳元で声を潜めると、ふっと笑った。

自信たっぷりの彼らしい口調に、潤は感極まって抱きつかずにはいられなくなる。

「――可畏……！」

やっぱり嫌だ、離れるなんて耐えられない。このまま可畏と一緒に寮に帰って、キスをしてセックスをして、お互いが好きで好きでたまらない気持ちを飽きるくらいたくさん交わして、寝ても覚めても一緒にいたい。

「だいたいこれ以上お前と離れてたら、どのみち死んじまうだろうが」

こんな状況でもやはり照れた顔をして、そのくせそれを必死で隠しながらいう可畏に、潤は力いっぱい縋りつく。

キスする余裕がない分また頭突きをされたが、今度は少しも痛くなかった。

チュッチュッと口づける代わりにコツコツと額を当てられ、「一緒に帰るぞ」といわれる。

涙が溢れて止まらなくて、頷くことしかできなかった。

一緒に帰る——そういわれただけで体中に喜びが駆け抜け、指先の毛細血管に至るまで熱い血が巡るようだった。力も湧いてきて、どんな困難も乗り越えられる気がしてくる。

「再生能力と変容速度に於いて、俺の右に出る奴はいない。たとえ何度食われても食った奴の体を内側から破裂させ、元に戻る」

「……けど、それじゃ……可畏は痛い思いするし、水竜人は……っ」

「お前に手を出した時点で、奴らは万死に値する」

「可畏……！」

「歯ぁ食い縛ってろ。飛ばすぞ」

「——え？」

可畏はいうなり目を光らせ、潤の体をぐわりと大きく持ち上げる。

腰から上まで水上に出された潤は、そのまま一気に空へと放り投げられた。

うわ……と声を出しかけたまま息が止まり、可畏の腕力によって水面から三メートル以上の高さまで飛ばされる。水族館のシャチのショーで行われていた人間ロケットのように、垂直に思いきり飛ばされるや否や、潤は空から音もなく迫る影を目にした。

「リアム！」

さながら鳥がトビウオを捕らえるが如く、リアムは潤の体を上空に引き上げる。

あまりにも鮮やかに行われた連携プレイに、水竜人が食いついてくる隙はなかった。

リアムは冷たい風を切りながら上昇し、瞬く間に彼らの手が届かない高さまで退避する。

「リアム……可畏が、このままじゃ可畏が！」

「落ち着いてください！　また血の玉を投げられたら困りますから、ひとまず君を崖の上まで連れていきます。可畏の救出はそれからです！」

リアムに助けられたところで安心できるわけがなかった。

可畏は人型のまま、たった独りで海の中にいる。

これまで攻撃されなかったのは、潤と密着していたからだ。

離れてしまった以上、可畏を守るものはない。水竜人を躊躇わせるものは何もないのだ。

反撃手段があるにしても、それは捨て身のものであり、激痛の中で血肉を飛ばして、殺戮《さつりく》を繰り返す結果になってしまう。水中戦で最後に生き残る一体が、可畏である保証はない。

「駄目だ、俺と離れたら可畏が危ない！」

「それでも可畏は私を見るなり君を投げて寄越しました。私がやるべきことは一つです」

「──ッ、ぅ」

崖の上へと連れていかれる潤は、無力な人間の身で何ができるかを考える。

悠長にしている時間はなかった。こうしている間にも、海が血に染まるかもしれないのだ。

『……蛟！　蛟、頼むから可畏を攻撃しないでくれ！』

『俺の物になる覚悟ができたか？　俺達は今、可畏の真下にいる』

思念を投げると、すぐに答えが返ってきた。

崖の上に到達した潤は、リアムに抱かれたまま岩場に足を下ろす。

可畏と離れたくない。絶対に一緒に帰りたいと思ったが、その想いが高まっているからこそ余計に、蛟の申し出を突っ撥《ぱ》ねることができなかった。蛟の合図で水竜達が一斉に可畏に襲いかかったらと思うと、「嫌だ」なんて恐ろしくてとてもいえない。

『お前と一緒に行っても友達以上にはなれないけど、それでもよければ……』

『お前が手に入るなら、まずはそれでいい』

『まずはも何もないよ。これからもずっと、俺の気持ちは変わらない』

『変わらないものなんてない』

『悪いけど、これに関してだけは自信があるんだ。だからきっと、お前は虚しくなるよ。俺と一緒にいると、孤独な気持ちが余計深まるかもしれない』

蛟に思念を送った潤は、なるべくさりげなくリアムの腕から抜けだした。

隙を見て崖から海に飛び込むつもりで、学ランの胸元を寄せて息を吸う。

可畏の犠牲もリアムの努力も踏み躙《にじ》り、可畏のプライドを著しく傷つける行為だとわかっていながら、覚悟を決めた。最終的な勝敗がどうなろうと、可畏が襲われて食われるところを、高みから見ていることなどできない。

これは、人間の身で恐竜同士の戦いに割り込む愚かな行為とは違う。

無駄死にするわけではなく、自分の選択により戦いを確実に止められるのだ。

――可畏……お前が好きだよ。今すぐ一緒に帰りたいよ。けど、それ以上に……お前が死にそうになるのは嫌なんだ。お前は確かに強いけど、万が一のこともある。そこは、本来お前が戦うフィールドじゃないんだから……。

リアムに悟られぬよう少しずつ崖に近づいた潤は、カラカラと音を立てる小さな石を追って海面を見下ろした。

ぐっしょりと濡れながらもスニーカーは両足とも残っていて、やたらと重たい。

水分以上に靴を重くしているのは、可畏の許に留まりたい自分の本音だった。

飛び込むことで一瞬は可畏の近くに行けるけれど、次の瞬間には蛟や彼の仲間に捕らえられ、深海まで連れていかれるだろう。人魚化したらしい自分は、水中でも息ができて、蛟が寿命を迎えるまで可畏の許には帰してもらえないかもしれない。

――可畏……！

飛び込まなければと思いながらも躊躇《ちゅうちょ》し、二の足を踏んでいた潤は、水から顔を出している可畏の視線に射貫かれる。

可畏には人型のまま思念を送る能力はなかったが、そんな力がなくても、そして潤が生まれつき持っている『読心』の力が働かなくても、確かに伝わるものがあった。

馬鹿なことを考えるな。そこで待っていろ――と、いっているのがわかる。

――可畏……でも、蛟の指示で水竜人が一斉に可畏を襲うようなことになったら……それで、お前にもしものことがあったら、俺は一生後悔する。今ここで飛び下りなかったことを、一生、絶対に後悔する！

「リアム！　潤から目を離すな！」

潤が飛び降りかけた瞬間、可畏の声が響き渡る。

崖下の様子を窺《うかが》っていたリアムは、振り返るなり超人的な速さで潤を捕らえた。

崩れた足元の石と共に潤の体は海に向かって投げだされていたが、それ以上落下することはなく、リアムに抱かれて浮かされてしまう。

「潤！　何をやってるんですか⁉　また海に落ちてどうするんです！」

「放してくれ！　俺が行かないと可畏が！」

潤は焦るあまり力ずくで暴れ、リアムの肩を押してどうにか逃げようとした。

空中での今の状況を、海中の蛟は気づいているだろうか。気づいたとしたら、翼竜リアムの手から先程と同じ手を使って潤を奪い取るのは無理だと判断し、腹いせに可畏を襲うかもしれない。

自分の思いきりが悪く、逡巡《しゅんじゅん》したがために可畏を助ける手立てを失い、その結果取り返しのつかないことになったらと思うと、恐怖のあまり震えが止まらなかった。

「潤……暴れないでください！　君がいくら暴れても私の力に敵うわけ……が……」

いつになく声を荒らげて潤を制するリアムは、何故か唐突に言葉を切る。

他のことに気を取られたように感じて、潤はその隙を狙おうとした。

けれどもリアムの腕に緩みはなく、いくら暴れても逃げられない。

そうこうしている間に、潤はリアムが何に気を取られたのか気づいた。

遠い空からヘリの音が聞こえる。目を向ければ姿も見えた。

可畏やリアムが乗ってきた竜嵜グループのヘリではない。色も形も異なり、非常に大きく、米軍機を彷彿《ほうふつ》とさせるデザインの物々しい軍用ヘリだった。

「リアム……あれは？」

「クリスのです……クリスチャン・ドレイクのヘリに、間違いありません」

「――オジサンの!?」

瞬く間に迫ってきたヘリの騒音が、脳内に大きく響く。会話はたちまち困難になった。

耳栓をして両耳を塞ぎたいほどの音に参りながらも、潤は心密かに戦況の好転を祈る。

これからいったい何が起きるのか想像もつかなかったが、このヘリにクリスチャンが乗っているなら、少なくとも可畏にとって不利な話ではないはずだ。

人間の常識では計れず、何をしだすかわからないマッドサイエンティストとはいえ、クリスチャンにとって可畏が大切な息子であることに変わりはない。

「クリス！」

軍用ヘリから人が飛び降りるや否や、リアムは潤を抱えたまま上昇した。

クリスチャンを受け止めようとしたようだったが、しかしその前に彼はパラシュートを開き、上手い具合に可畏の頭上に向かってゆっくりと降下する。

相変わらず派手なカラーシャツに白衣を着ていて、顔には無精髭《ぶしょうひげ》を生やしていた。

十八歳の息子を持つ父親には見えないほど若々しくエネルギッシュではあるが、それなりに中年らしさもある。整った顔立ちは可畏と酷似していて、髭さえ剃れば十分に美しい男だ。

肌の色は可畏以上に浅黒いが、可畏の未来の姿としてぴたりと嵌《は》まり、多少くたびれていても、往年のハリウッドスターを彷彿とさせるセクシャルな魅力と貫禄を持っていた。

飛行速度の優れたヘリが速やかに飛び去ったため、会話ができる程度の静けさが戻る。

潤は状況が呑み込めずに動揺するばかりだったが、リアムは迷わずクリスチャンに近づき、左腕で潤の腰を支えたまま右手でクリスチャンの手を摑み取った。

「クリスッ、どうして日本に⁉ こんな所まで来て何をやってるんですか⁉」

「やあリアムちゃんに潤くん、ちょっとぶりだね。真打ち登場って感じだろう？」

クリスチャンはそういいながらもリアムや潤の顔はほとんど見ずに、退避場所のない水面に浮かぶ可畏を気にしていた。

リアムの発言から察するに、ハワイから突然、自主的にやって来たのだろう。

一応のところ笑顔だったが、水竜人の島で絶体絶命の状況にある可畏の身が心配なようで、目が笑っていなかった。

「可畏もよくやるもんだね、君を守るためならいくらでも体を張れるらしい」

「オジサン、スピノやモササウルスが可畏の真下に控えてます！ 可畏には水竜人を倒す奥の手があるみたいだけど、数からして危険だし、水竜人にも死んでほしくありません！」

「珍しく意見が合ったね、潤くん。僕としてもこんな不毛な戦いはやめさせたい。可畏の再生能力なら食われて勝つってこともできるだろうが、貴重なスピノを吹っ飛ばされるのは面白くない。せっかく光が見えてきたのに、みすみす死なせるのは勿体《もったい》ないよ」

「……光？ 何か、いい手があるんですか⁉」

「なかったら来ないでしょ。もちろん、最強のカードを用意してきた」

ハハッと軽く笑ったクリスは、リアムと顔を見合わせるなり顎をついと下に向ける。

リアムは直ちに指示に従い下降するものの、安全と思われる水上三十メートルほどの位置で止まった。これまで通り左腕を潤のウエストに回してホールドし、右手では自分よりも体格のよいクリスチャンの手を取って、ぶら下げる形のまま宙に浮いている。

　クリスチャンは背負っていたパラシュートに片手を伸ばし、何やらレバーを引いて巻き取るように収納しつつ、コホンと咳をして喉の調子を整えた。

「スピノサウルス竜人、汪束蛟！　僕は竜人研究者クリスチャン・ドレイクだ！　君にとって悪くない、重要な話があるから上がってきなさい！」

　クリスチャンは遠ざかるヘリコプターの残響に負けない大声を張り上げたが、潤とリアムが驚いただけで、眼下の様子はあまり変わらなかった。

　可畏が不快げな表情で睨み上げてくるばかりで、蛟が上がってくる気配はない。

『……蛟、今の聞こえなかったか？　竜人研究者のクリスチャン・ドレイクが……お前に話があるっていってる。蛟にとって悪くない……重要な話らしい。もちろん武器とかそういう物は何も持ってないし、クリスチャンは可畏の父親で、暴君竜だ。海の上でお前に何かできるわけじゃない。変わり者だけど研究者としては天才的な人だから、聞いてみる価値はあると思う。海面に上がってきてくれ』

　クリスチャンが海に向かって同じ台詞《せりふ》を繰り返し叫ぶ中、潤は蛟の心に語りかける。

　返事はなかなか返ってこなかったが、ほどなくして海底から大きな影が迫ってきた。

　スピノサウルスの特徴であり、名前の由来でもある帆のような棘《きょく》突起《とっき》が水上に現れる。

一瞬ジョーズの背鰭《せびれ》を思いだした潤だったが、その考えはすぐに覆された。

超進化により巨大化した蛟の棘突起の最長部は、およそ四メートルを超えていて、顔を出す前段階であまりにも大きく異様だ。

「蛟くん……よく出てきてくれたね。水竜人の中でも能力値の高い何者かが僕の研究所に忍び込み、潤くんと可畏が映った動画を盗んだことはわかってたけど、僕は水竜人を甘く見過ぎていたようだ。まさかこんな、可畏が死ぬか君が死ぬかなんて事態になるとは思わなくて」

鰐のように顔を出した蛟に向かって語りながら、クリスチャンは白衣のポケットを探る。

取りだしたのは、空気を充塡《じゅうてん》したパックに包まれたアンプルだった。

細い硝子容器に入っているのは、どう見ても血液に見える。

「君の交配相手は、水竜人には珍しく人型のまま陸地で亡くなったものでね、勝手ながら水葬された遺体を極秘に回収させてもらったんだ。何しろシベリアの海は冷たくて、腐敗はさほど進んでいないと推測できたからね、どうしても欲しくて。君達は研究対象になることを拒むが、僕は竜人研究者として純粋に……絶滅危惧種を救いたいと思っているんだよ」

潤はリアムの左腕に抱かれながら、右手にぶら下がっているクリスチャンと、海面のスピノサウルスの姿を交互に見た。

亡くなった女性竜人の遺体を回収したクリスチャンが、それを解剖したのは想像に難くなく、考えただけで鳥肌が立つ。ドラマに出てくる検死官の仕事と似たようなものだと考えれば解剖自体は意味のあるものだと理解できるが、クリスチャンの場合は、遺族の意向を無視して墓を暴き、遺体を勝手に切り裂いているようなものだ。どういわれても潤には抵抗があった。

「彼女を解剖した結果、やや腐敗した心臓内に本来は存在しないはずの奇妙な球体を発見した。浮腫と呼ぶには相応しくないそれは、既存の物質に譬《たと》えるなら真珠に似た物だ。それを割ってみたところ、現れたのは腐敗しない謎の血液……実に不思議な話だろう？　僕はこれまでにも水竜人の遺体を調べたことがあり、中にはスピノもいたが、こんな物を見たのは初めてだ」

クリスチャンはアンプルを高らかに掲げ、中の血液が雌のスピノサウルスの心臓から採った物であることを示す。

潤の心に蛟の思念が明確に流れ込んでくることはなかったが、彼の動揺は感じられた。読心とは異なる思念会話に近い感覚で、言葉にできない気持ちが伝わってくる。

その証拠に、海上から突きだしていたスピノサウルスの帆が形を失い、骨を残して少しずつ蒸発していった。最終的には骨すら消滅し、鰐に似た長い顔も大半が気体となって消え、その中心からアッシュブロンドに覆われた人の頭部が現れる。

「蛟……ッ」

汪束蛟は人型に戻り、可畏と同じく肩から上だけを水から出した。

しかし空中のクリスチャンを睨み上げる目はマリンブルーのままで、いつでも恐竜化できるよう構えている節がある。

「雌のスピノサウルスの心臓に隠されていた、謎の血液――これを他の竜人の細胞を移植したマウスや蜥蜴《とかげ》に投与して経過を観察したところ、細胞が著しく若返ることが確認できた。実に興味深い結果で、これを有力竜人に公表すればとんでもないことになりそうだが、僕としては絶滅に瀕《ひん》していない種は後回しでいい。救いたいのはレアだ。それも、特殊能力を数多く持ち、強い力を持つレアであればなおさら救いたい。何故なら面白いからだ」

「――面白い？」

「そう、僕は君の能力がもっと知りたい。そして新たなキメラ恐竜を作る際に、君の遺伝子を混入させ、水に強く特殊能力を多数持ったキメラを作りだしたい。君が協力してくれるなら、水竜人の遺体に発生した真珠玉と、内包されていた血の話は伏せてもいい。さらに、この血を使って君の細胞を若返らせ、若くして死を待つしかない君を延命させる手段を授けよう」

「無理だ。その血は水竜人には効かない。効くならとっくに使ってる」

蛟はクリスチャンの言葉を否定した。

その発言は、人魚玉と呼ばれる真珠に似た玉と、その中の血液の存在を認識していたことを認めるもので、潤は二人の会話の行きつく先が見えずに心拍数を上げていく。

水竜人が隠したかった血の秘密にクリスチャンが気づいた以上、蛟が条件を呑まなければ、世界中に分布している他の水竜人の身が危険に晒される可能性がある。けれどもすでに仲間と共に死を覚悟している蛟が、クリスチャンのいいなりになるとも思えなかった。

そもそも潤はクリスチャンを頭から信用してはいないため、蛟に対して「オジサンがきっとなんとかしてくれるから大丈夫。信用して！」とは、とてもいえない。

「確かに、そのままでは水竜人の細胞には効かなかった。だが、僕にはできると断言しよう。君の交配相手が種の保存を願い、最期の力を振り絞って残したのかもしれないこの血液から、必ずやスピノサウルスの細胞を活性化させ、君の時間を止める手段を見つけてみせる」

「――無理だ」

「無理じゃない。アジア最後の海王である君が若さを保ち続ければ、人型のままここで生きることができる。この島や君達の学校を存続させ、君達が憧れてやまない人間的な生活を続けることが可能になるんだ。さらにいえば、君があと十五年ほど生きられたら、現在ロシアにいる幼い雌スピノが成熟し、君の交配相手になってくれるかもしれない。有力竜人として生まれた以上、君には次代海王を得るために最大限努力する義務があるはずだ」

クリスチャンの説得に、蛟の心が少しずつ動いているのが感じられた。

潤は口を挟まず、可畏もリアムも何もいわなかったが、この場にいる誰もが蛟の心の変化を感じ取っているのは確かだ。

思念を投げ合ったり心を読んだりできなくてもわかるほどに、変化は顕著に表れていた。

警戒心に満ちてぎらついていた青い目から光が消えかけ、本来の色に戻りつつある。

しかし完全に戻る前に、蛟は俯《うつむ》き加減になっていた顔を大きく振り上げ、唇を開いた。

「その血を手に入れる前から、貴方は俺の延命の可能性に言及していた。だが、俺達の寿命は自然な形で短くなり、滅びに向かっているのは明らかだ。それを無理やり覆すのは正しいことなのか？　生き続けることに意味があるのか？　科学に頼った先には何があるんだ？」

「未来があるんだよ」

苦しげに眉を寄せながら問う蛟に、クリスチャンは即答する。

蛟に有無をいわせぬ勢いで、「よく聞きなさい」と前置きした。

「僕は今この通り、キメラ恐竜リアムの力によって宙にぶら下がっている。不自然な状態だが、僕にとっては有意義だ。キメラ恐竜の成功例が増えつつある今、いつかは純然たるレア恐竜を量産できる時代が来るかもしれない。それもまた不自然なようで、逆にいえば人として自然な欲望と知的好奇心が生んだ成果でもある。我々は知能の低い恐竜ではなく、人間よりも優れた竜人だ。この地球上に存在する有益なマテリアルをどれだけ見つけ、どう利用するか試されているといっても過言じゃない。僕という天才が謎めく血液を発見し、研究を続け、種の新たな未来を切り拓くことが無意味であるはずがないんだ。君達が憧れる人間的に、神や奇跡という言葉を使うなら、君達は未来に繋がる奇跡のマテリアルと、僕との出会いを神から与えられたことになる。このギフトを受け取らずにおめおめと滅びたら、君らはただの恐竜だ」

天才竜人研究家として雄弁に語るクリスチャンを前に、蛟は未来の可能性を見てさらに心を揺さぶられていた。

迷いは一層はっきりと顔や仕草に表れ、蛟は潤を見たり可畏を見たり、またクリスチャンの顔を見たりと、落ち着かない精神状態に陥る。

そうなるのも無理からぬ話だった。

本当に信用できるかわからない研究家の発言を信じて、これまで秘匿してきた自分の能力や遺伝子情報を開示した挙げ句、人魚玉の存在を公表されたり水竜人を捕獲されたりといった、最悪な事態に陥る危険もあるのだ。

蛟の選択によって、世界中の水竜人の未来が左右される。

――駄目だ……俺が悪いケースを考えると、蛟に思考を読まれて警戒されるかもしれない。オジサンは口が上手いし目的のためには手段を選ばないタイプで信用できないけど、それでも可畏の父親だ。さっきは本気で可畏の身を心配してたし、絶滅危惧種を生かしておきたいって気持ちは研究者として本音だと思うし……信じよう。うん、まず俺が信じる。

潤は頭の中で、「大丈夫、オジサンは天才だからきっと上手くいく。蛟は長生きできるし、蛟が死ななければ群の子供達だってまだまだ人として生きられる。それに、蛟の延命が可能になったあと他の皆の延命もできるようになるかもしれないし、そしたらもう淋しくない。この霧影島は大人がいる島になるんだ。生身の先生が教壇に立ててるかもしれない。きっとそうなる。何しろ、こうして空飛ぶキメラを実際に作れてるくらいの人なんだから。オジサンと人魚玉があれば奇跡は起きる。絶対起きる」と、独り黙々と念じた。

蛟の頭に意図的に投げかけるのは無責任だと思ったが、それでも結果的に思念を投げかける形になってしまう。

「潤、お前に謝らなければならないことがある」

やはり思念は届いたようだったが、蛟は潤の顔を見上げながら声に出していった。

いつの間にかリアムが下降していたため、宙にいる三人も海面の蛟と可畏も、声を張り上げなくても声が届く程度の位置にいる。

「俺に、謝ること?」

蛟と潤が言葉を交わしたことで、これまで黙っていた可畏が露骨に嫌悪を示した。

水面を掌で叩くと、波音に負けないくらい思いきり舌を打つ。

突きさすような可畏の視線を気にしながらも、謝られる心当たりが山ほどあった潤は、蛟の謝罪をそのまま待った。

「たくさんある中で、最も重い罪がこれだ」

蛟は潤から視線を外し、何故か真っ直ぐに可畏を見る。

また戦闘が始まるかと思うほど睨み据えたため、可畏は不快げに顔を歪めた。

今にも蛟を怒鳴りつけそうな表情で、一触即発になる。

陸上だったら確実に、摑み合いか殴り合いか、恐竜化して殺し合いになっていたに違いない雰囲気だ。

「おい、いつまで見てやがる！」

可畏が声を荒らげたと同時に、蛟は瞼《まぶた》を閉じる。

その寸前に再び青く光った瞳を隠し、押し黙った。

いったい何かと誰もが思う中、蛟の髪の色が変わっていく。

まるで月が雲に隠されたかのように、アッシュブロンドが黒ずんでいった。

え……と声を漏らす暇もなく、肌の色まで暗くなる。さらに、鼻筋の太さや眉の濃さ、唇の形や輪郭まで変化し、特に首や肩は、筋肉に筋肉を上乗せするように厚みが出る。

まさかと思った時には、黒くなった睫毛《まつげ》と共に瞼が持ち上がった。

その下から現れたのは、蛟の物ではない三白眼の黒瞳だ。

「……っ、う……ぁ……」

潤は微かに声を漏らし、クリスチャンもリアムも可畏も絶句する。

水に浸かっている可畏が、突然二人に増えたかのようだった。

鏡に映したかの如く瓜二つ――可畏の顔が二つある。

「擬態、能力」

そう呟いたのは、リアムと可畏の二人だった。

まったく同時に、同じ区切り方で呟いた二人に続いて、クリスチャンが「そのようだな」と答える。比較的冷静ではありながらも、興奮が窺える声だった。

潤は混乱しつつも頭の中で「擬態」という言葉の意味を考え、イメージを繰り広げる。

動植物が環境に溶け込んで身を隠したり、実際よりも強く見せかけたりするために、形や色、模様などを周囲の無機物や他の生物に似せることを意味するはずだ。

「以前、他の研究者から聞いたことがある。水竜人にそういう能力の持ち主がいたって話を、あくまでも噂として、いや……伝説レベルの話として聞いた」

潤は可畏の姿をした蛟の視線を受けながら、息をするのも忘れる。

興奮を隠せなくなっているクリスチャンの言葉が籠って聞き取りにくくなるほどに、全身の至る所で心臓の音がした。

体中が鐘になったかの如く、音が響いて小刻みに震える。

——可畏に、瓜二つ……蛟には、そういう力があった。

意識を集中して見てみれば、本物の可畏の後ろにはティラノサウルス・レックスの影が薄く浮き上がっていて、その大半は水中にある。

そして可畏の姿をした蛟の後ろにはスピノサウルスの影が浮かび、鰐に似た顔や四メートル級の高い帆、長い背の一部が水上に出ていた。

いくら似ていても影さえ見れば容易に見分けがつく二人を見比べながら、潤は更衣室のバスルームの床に血塗れで倒れていた森脇篤弘と、彼に暴行を加えた可畏の姿を思い返す。

——俺は……視界の邪魔になる恐竜の影をスルーするくせがついてて……しかもあの場所は

体育館の地下室だった。恐竜の影の大部分は天井に埋もれて見えにくかったし、じっくり見る余裕なんてなかった。あの日は雨が降ってて……蛟が動き回れるくらい湿度が高かったし……それにあの時、可畏は……何も喋《しゃべ》らなかった気がする。

　クリスチャンが擬態能力について何か専門的な用語で語っているのが聞こえた気がしたが、潤の意識は完全にあの夜の出来事に囚われていた。

　改めて思い返せば不自然なことばかりだった。

　本物の可畏が潤をベッドに残したまま夜中に部屋を抜けだしたことは事実だとしても、森脇篤弘に暴行を加えるなら、潤に見つかる危険がある学院内に連れ込むのはおかしい。

　可畏なら他にいくらでも監禁場所を用意できるはずだ。

　それに閉所恐怖症が改善しつつあるとはいえ、決して得意ではない地下室を選び、そのうえ更衣室の照明を落としていたのも妙な話だ。

　可畏は暗い所が苦手で、寝室ですらそれなりに明るくして眠る習慣がある。

　──あの時、可畏は何故か上半身裸だった。下は竜泉の制服のパンツだと思ってたけど……学ランの黒いパンツだったとしてもあの状況なら気づけない。それに、俺を体育館の地下室に誘導した大学生らしき人も……うちの制服っぽい黒いロングコートを着てたってだけで、中に大学部の制服を着てたかどうかはわからない。

　潤は無意識にリアムの腕に触れ、体を揺さぶってもがき始めた。

あの時、大学生だと思い込んだ竜人の影を意図的に見て、見かけないマイナー恐竜だと感じたことを思いだす。

あの時は名前が出てこなかったが、今はわかる。

あれは彗星学園に何人もいるタラルルスの竜人だ。

竜泉学院では一度も見かけたことがなかったにもかかわらず、あの時点で潤はタラルルスという名前が思いだせず、水棲恐竜だということすら気づけなかった。

「リアムッ、放してくれ！」

潤の突然の激昂に驚くリアムの腕から、潤は強引に抜けだそうとする。

歪《いびつ》で嵌まりきらなかった謎のピースが一気に整い、蛟が描いた罠の全貌が見えていた。

真実を知るなり一時もじっとしていられなくなった潤は、リアムが止めるのも聞かずに暴れ、海に向かって足から飛び込む。

それなりの高さがあったが、怖いという感情は微塵《みじん》もなかった。

自分の心身を圧倒的な力で動かす憤怒に任せて飛び込んだ潤は、蛟に向かって泳いでいく。

水に入ると体が軽くなり、水を重く感じるのが常だったが、今は違っていた。

蛟の血を輸血されたせいなのか、それともあまりに苛烈《かれつ》な怒りのせいなのか、原因の区別はつかないが、それでも確かに水を軽く感じられる。

どこまでも、自由自在に進める感覚だった。

ほんの少し水を掻いて大量の気泡の中から頭を出すと、目の前には可畏の顔がある。

スピノサウルスの影を背負ったその顔を前に、潤の怒りは弥増《いやま》した。

「潤！」

背後から可畏の声がして、頭上からはリアムの声がする。

クリスチャンも一緒になって、「潤くん！」と呼んだ。

いずれの声にも焦りがあり、後ろから可畏が迫ってくるのがわかる。

「蛟……っ、可畏の振りして、なんで、どうして森脇に手を出したんだ！」

怒り任せに蛟に向かって左手を伸ばした潤は、可畏と同じ色の髪を引っ掴んだ。

その途端、彼は苦痛に顔を歪める。

他人の髪を摑んで怒鳴りつけるような行為を、潤はこれまで誰かにした記憶がなかった。

自分がしていることが暴力的だという認識はあったが、それでも止められない。

「盗んだ動画を見て、お前が可畏を本気で好きだと確信したから……壊したかった。攫っても、どんなに大事にしても、それだけじゃどうにもならないことをわかってた。お前の気持ちを可畏から完全に離して、心まで全部、手に入れたかった」

可畏の姿をしていても声は蛟のまま変わらず、そして終始震えていた。

水鏡の能力で人の生活を覗き見て好意を抱き、さらに動画を盗みだして、可畏との会話から潤の特殊能力や好みを把握したと思われる蛟の暴挙に、潤の怒りは治まることを知らない。

「グ、ゥ……！」

蛟の髪を掴んだまま、潤は振り上げた右手を彼の頬に叩きつけた。

顔を引っ叩くという行為に躊躇いがないといえば嘘になるが、後悔はない。

本当は拳で力いっぱいぶん殴ってやりたい気分だった。

思いきり張り倒しても怒りは少しも治まらず、じんじんびりびりと熱っぽく痺れる掌をもう一度振り上げる。

「今のは森脇の分！　これは、騙《だま》された俺の分！」

「……ッ」

バシィッ！　と大きな音を立てて左頬を叩いた時には、後ろから可畏に抱かれていた。

止められているわけではなく、水の中で支えられているだけだ。

体の位置が上がったことで、さらに振り上げた右手はより大きく空を切る。

「これは可畏の分だ！　お前って、ほんと最低！」

「――ッ、ゥ」

潤は蛟の髪を放し、渾身の力を籠めて頬を叩いた。

実際に痛い目に遭わされて入院した森脇よりも、騙されて思い悩んだ自分よりも何よりも、暴力的衝動を理性で抑えていた可畏の名誉を穢《けが》したことが許せなかった。

最低という罵《のの》りの半分は自分にも向いている。

完璧に近い擬態能力で騙されたとはいえ、可畏の人間性や忍耐力、愛情を信じきれず、独り悶々と怒りを燃やしながら蛟と暮らし――可畏と別れることを具体的に考えていた自分自身に腹が立つ。

最終的に出した結論は可畏の許に帰ることで、それが唯一の救いだったが、それでもやはり自分が許せなかった。

「オジサンの助けを借りて長生きできれば、ゆっくり相手を見つけることもできると思う……お前がいう、運命を感じられる相手が現れるかもしれない。とにかく俺は絶対違うから、もう二度と俺に近づくな！　お前が小細工したって俺達は壊れないって、よくわかっただろ⁉」

可畏に抱え上げられたまま声を張り上げた潤の前で、蛟の髪色が変わっていく。

元のアッシュブロンドに戻り、顔立ちも体格も、肌の色や髪の長さまで変化した。

優れた能力を数多く持ちながらも、短命種という逃れられない宿命を背負い、人間に憧れを抱いて、上下関係もなく協力し合って生きている群の王の目には、涙が光っている。

「悪かった。お前にも、お前の恋人にも友人にも、悪いことをした」

本来の肌に戻ったことで、蛟の左頬の赤みが目立って見えた。

潤に三度引っ叩かれた顔を、彼は水面に向かって静かに下げる。

その姿を見下ろしながら、潤もまた、自分が泣いていることに気づいた。

空が徐々に白み始めてきたにもかかわらず、視界が揺らいで蛟の姿がよく見えない。

森脇に暴力を振るったあとの可畏の表情が、苦しげとも悲しげとも取れるものだったことを潤は憶えていた。

あれは作ったものではなく、蛟自身の表情だったのだろう。

もっとまともな出会い方をしていれば、決して嫌いではない種の男なだけに、どうしたって簡単には解けそうにないこの怒りを、残念に思う気持ちが確かにあった。

「おい、お前はいつまで他の男を見てる気だ？」

「あ……ッ」

可畏の肩近くまで腰を持ち上げられていた潤は、ぐるりと前後を返される。

涙を振りきると、正真正銘、本物の竜嵜可畏の姿がそこにあった。

暴君竜の巨大な影を背負い、潤に勝るとも劣らない怒りのオーラを漂わせながらも、可畏は蛟の方を見ずに自分だけを見ている。

血の色をした虹彩が目立つ黒い瞳で、これでもかとばかりに見つめて、心まで真っ直ぐに射貫いてきた。

「潤、帰るぞ」

「……うん」

待ち焦がれた視線をようやく取り戻した潤は、可畏の首に縋りつく。

冬の海に浸かっていた彼の体は冷えきっていて、恋しい温もりは感じられなかった。

それでも、肌や筋骨の感触に心が温もる。

がっちりとした頼もしい体に縋り、冷たい頬と頬、耳と耳を重ねながら抱き合うと、可畏の心音や息遣いが感じられた。

「可畏……ごめん、ほんとに……ごめん……」

ぎゅっと抱きつきながら、潤は子供のように泣きじゃくる。

申し訳なくて謝りながらも、迎えにきてもらえた喜びで胸がいっぱいだった。

疑ったり悩んだりもしたけれど、可畏の胸に辿《たど》り着けてよかったと思う。

ここが自分の居場所。

偶然という必然に導かれて出会い、最後は自ら選んだ運命だ。

《九》

竜嵜《りゅうざき》家が所有する大型ヘリで霧影《きりかげ》島をあとにした潤《じゅん》は、可畏《かい》と共に竜泉《りゅうせん》学院に戻った。

離れて過ごしたのは月曜から金曜までのわずか五日間に過ぎなかったが、そうとは思えないほど長く感じた日々だった。

自分を捜し回っていた可畏にとっては、より長くつらい日々だったと思うと、可畏のために何かしたい気持ちが膨らむ。

同時に何かされたいとも思っていたが、今の可畏は海より深い眠りの中だ。

——帰ったら即エッチだと思ってたのに、ほとんど気絶したまま爆睡してるし、昼過ぎても起きない。いつになったら起きるんだろ？　自然に起きるまで待つべきだよな？

潤はベッドの上で身を起こしたまま、太腿《ふともも》の辺りにいる可畏を見つめる。

本格的な金属製の手錠で片手を繋《つな》ぎ合わせ、誰にも邪魔されずに二人きりで過ごしていた。

——本当に、全然眠れなかったんだな。

目の隈《くま》が酷い顔は、しばらく会わない間に明らかにやつれている。

蛟《みずち》に拉致《らち》されながらも可畏公認で預けられていると思っていた潤は、少なくとも可畏の命の心配をする必要はなかったが、彼の場合は違ったのだ。

可畏は潤の居場所を知らず、生死すら確信が持てず、誰が連れ去ったのかもわからないまま、モナコに行ったりハワイに行ったり身内を疑ったりと、寝食も儘《まま》ならない五日間を過ごしたのだろう。

戦闘中は一時ふらつきながらも勇ましく見えたが、暖かい所を好む暴君竜の可畏にとって、戦闘後に真冬の冷たい海に浸かったのは酷く応えたのかもしれない。

帰りのヘリに乗るなりぐったりして、同乗させていた草食竜人の生餌《いきえ》の血を限界まで吸うと、潤の手を摑《つか》んだまま眠ってしまった。

ヘリの騒音すら物ともせずに、学院に到着するまで潤の肩に寄りかかって泥のように眠り、到着後はいつになく急いでシャワーを浴びていた。

その間に軽めのキスやハグ程度のことはしたものの、セックスをする余裕はなかったらしく、可畏はそういった空気を作らずに黙々と潤に手錠をかけ、それからずっと今の状態だ。

――まだろくに話せてないし、可畏が蛟を許したのかどうかもわからない。謝りたいことも訊《き》きたいこともたくさんある。森脇《もりわき》が襲われた夜、部屋を抜けだしてどこに行ってたのかとか、いまさら訊いても仕方ないかもだけど、やっぱ気になる。

潤は可畏の髪を指で梳《す》きつつ、すっかり乾いた髪に顔を埋めた。

体の柔軟性を確かめられるかのように苦しい体勢だったが、手錠で繋がれた右手をなるべく動かさずに上体を沈め、可畏の額にキスをする。

――何から話せばいいのか迷うけど、一番したいことは……間違いなくこれ。

まずは額から。次に眉と瞼《まぶた》にキスをした。

可畏の顔や体に触れて触れて触れて、そして繋がりたいと切に思う。

お互いに今後も一緒にいるという結論が出ている以上、話はあとでもよかった。

こうして再会できたことを、もっともっと実感したい。

毎日のように可畏に抱かれてきた潤にとって、キスやハグでは足りなかった。

どんなに強固な手錠で繋がっていても、手と手だけではもどかしい。

――可畏が求めてこないなんて相当ダメージ食らってるんだろうし、もっと寝かせておいてあげたいけど……無理。もう、俺が無理。

可畏の唇を見つめながらも、潤はキスをしなかった。

唇を塞ぐと高い確率で起こしてしまうため、見つめるだけにして鎖骨に顔を埋める。

自由な左手を可畏のガウンにそっと伸ばし、腰紐を解いた。

可畏は下着を穿《は》いていて、ただでさえ存在感のある物が朝勃《だ》ちに近い状態にある。

利き手を繋がれているため動きにくかったが、潤は可畏の乳首を舐《な》めつつ性器に触れた。

自分を貫く時は恐ろしく硬くなるそれは、今は柔らかく、芯が少し硬くなっている程度だ。

浅黒い肌に浮かぶ乳首を唇で挟み込み、尖《とが》らせた舌をチロチロと蠢《うごめ》かして愛撫《あいぶ》してみたが、それでも可畏は目覚めない。いつもより反応が薄く、眠りが深いのがわかった。

この分だと、あちこち好きに触ってもしばらくは起きないだろう。

――なんだろ、この感じ……淋しいような楽しいような。

潤は可畏の乳首を舐めながら、くすっと笑った。

野獣のような可畏に激しく求められたい気持ちと、このまま可畏の体に思う存分触れたい気持ちの両方が胸に芽生えて、起こすか否かで心が揺れる。

――あんまり無防備に寝てると、悪戯《いたずら》しちゃうぞ。

考えた末になりゆきに任せることにした潤は、起こさないよう細心の注意を払うのはやめて、本能の赴くまま触れたい所に触れた。見事に割れた腹筋の盛り上がりに頰を寄せつつ、腹部にキスの雨を降らせ、下着の中に左手を潜り込ませる。

性器を直接握って扱いても、可畏の寝息は乱れなかった。

普段なら少しは目覚めの兆候を見せるが、まるで一服盛られたような寝方だ。

潤は徐々に膝の位置をずらし、可畏の下着を下げつつ性器に顔を寄せる。

つい今し方まで布団の下にあった体は温かく、肌本来の匂いも雄の匂いも感じられた。

鼻をスンッと鳴らしながら進んで嗅いだ潤は、ヘリの中にいた時とは違う温かい体や、五日ぶりに吸い込んだ可畏の匂いに安堵《あんど》する。

海の上で抱き締められた時よりも強く、帰るべき場所に帰ってきたことを感じられた。

回復のために異常なほど深い眠りに落ちているとはいえ、特にどこが悪いということもなく、血の通った体でいつものベッドに寝ている可畏と、彼のそばにいる自分。

眠る可畏の股間に顔を埋めながら、潤は目頭が熱くなるのを感じた。

これが卑猥《ひわい》な行為だとわかっていても、安心から来る涙が滲《にじ》む。

「ん、ぅ……む……」

泣くのをこらえて性器をしゃぶると、可畏の分身だけが反応した。

潤は上目遣いで本体が起きないことを確認しつつ、雁首《かりくび》をじゅぷりと口に含む。

以前はこれだけでも口角が裂けそうで苦しかったが、楽な角度や口の開き方、呼吸の仕方を心得た今は、くわえたまま舌を動かすこともできた。

「ふ、う、ぅ……ッ」

黒い繁みに指を沈めながら顔を上下させ、唾液をたっぷりと塗りつける。

可畏に心地よい起床を促すための口淫とは違い、今の潤には確たる目的があった。

早く繋がって一つになりたい願望が強く、達《い》かせずに濡《ぬ》らすことを優先する。

ハフッと息をつきつつ一旦口を引いて、根元に向かって唾液を塗った。

メキメキと音が聞こえてきそうなほど張り詰めた裏筋を、舌先で丁寧になぞった潤は、反り返るペニスを見上げながら息を呑む。

——唾液だけじゃ、無理だよな……。

最初は唾液のみで挿入まで持ち込もうとしていた潤は、改めて感じる大きさに怯《ひる》み、当初の予定を変更した。

手錠が邪魔だったがどうにか身を伸ばして、ベッドのヘッドボードに取りつけられた抽斗《ひきだし》を開ける。そこからいつも使っている潤滑ゼリーを摑み取り、可畏の体を跨《また》ぎながら中身を掌に取った。温感タイプのゼリーがじんわりと熱を持つ。

——挿《い》れたらさすがに起きるかな？

潤は掌を可畏のペニスに寄せ、先端からゆっくりとゼリーを広げた。

それだけで済ませるつもりだったが、念のため自分の後孔にもゼリーを塗っておく。

未だに目覚めない可畏の上で膝を開き、後孔の表面だけではなく、少し指を入れた所にまで塗り足した。クプクプといやらしい音が体の中から響くようで、酷く恥ずかしくなる。

——こういうの逆レイプっていうのかな？　まあ、怒んないだろうけど……。

潤は手錠で繋がれた右手で可畏の胸を押さえ、体を支えながら腰を沈めた。

チェーンがジャラジャラと鳴り、可畏の手を引っ張る形になっていたが、可畏は相変わらず眠っている。どの角度から見ても完璧に整った顔からは、あり余るほど存在していた野性味や威圧感が薄れていた。寝顔だからというわけではなく、本当に疲弊しているのが窺《うかが》える。

「つ、ぅ……ッ」

勝手なことしてごめん――と心で語りかけつつも、潤は後孔で可畏のペニスを迎えた。

浅い所にゼリーを仕込む程度のことしかしていなかった肉孔は、思った以上に拡がらない。

裂傷を負いそうな痛みが走り、体が脳に警告を与えてきた。自然と腰が止まる。

ここまでにしておかないと本格的に痛い目に遭うことは、経験上知っていた。

出会ったばかりの頃の可畏は、ゼリーを使わないこともよくあり、潤の後孔をろくに解しもせずに突っ込んできた。

ベジタリアンの血を好む可畏が、皮膚や粘膜を通して潤の血液を体内に吸い上げていたため実際に目にしたことはほとんどないが、酷く出血したこともある。

「痛っ、ぅ……う、ぁ……！」

左手を後ろに回した潤は、可畏の性器を握って支えつつ腰を落とす。

自分に罰を与えるといったら大袈裟《おおげさ》だが、少し痛い目に遭わないと気が済まない気持ちと、痛いくらい可畏を感じたい願望に突き動かされていた。

後孔が裂けて急にぬるつくことで、出血したのがわかる。

一瞬ビリッと痺《しび》れるような痛みが駆け抜け、その後も鋭く染みる痛みに後悔した。

馬鹿なことをしていると思う。思うけれどやめられず、滲みでる涙を湛えながら腰を上下に動かす。小刻みに動くことで馴染ませる最中、鉄っぽい血の臭いを感じた。

「可畏……っ、あ……ぅ、ぁ……」

セックスと呼べることをしているのに淋しくなり、こらえ切れずに突っ伏す。

手錠をジャラジャラと鳴らしながら恋人繋ぎをして、唇と唇を重ね合わせた。

王子のキスで息を吹き返す童話のお姫様のように、目を覚ましてほしい。

「ふ……ん、っ、う……」

お姫様らしさの欠片《かけら》もない、男らしい弾力に満ちた唇を舐《ねぶ》った潤は、同時に腰を揺らした。

顔を斜めに向けて可畏の唇を無理やり崩し、歯列の間から舌を割り込ませる。

動かない舌を探って起こすと、可畏の体が大きな反応を見せた。

ぴくりと四肢を動かし、指先にも力が入る。

漆黒の睫毛《まつげ》が上がる瞬間を、潤は顔を上げて見下ろした。

独りではなくなる喜びが胸の底から湧いてきて、涙がぽろぽろと零れてしまう。

「――潤？」

瞼を上げた可畏は、数秒間ぼんやりとしていた。

それが過ぎると潤の顔を見上げ、視線を少しずつ下に向ける。

重なる体を見て状況を呑み込んだのか、文字通り目を丸くしていた。

鮮烈に輝く白眼の中で、黒い瞳を上下に彷徨《さまよ》わせる。可畏にしては露骨な動揺だった。

潤の体内にあるペニスが突然ぐっと硬くなったが、快楽のせいというよりは、繋がっている
ことを確かめようとして力を入れたせいだろう。

「あ、ぅ……つ、ぅ！」

「おい、出血してるぞ」

「う、うん……血、見るの嫌だし……前みたいに、粘膜から吸い上げて……くれ……」

「馬鹿が、何やってんだ！」

「う、ああ……ッ！」

抱き締められてこのまま抱かれるかと思いきや、潤はいきなり尻を摑《つか》まれた。

またしても手錠が金属音を立てる中、片腕一本で腰を浮かされ、結合を解かれてしまう。

小さな悲鳴と、生々しい肉と肉の繋がりが解けるズルッという音が重なり、気づいた時には真下にあった可畏の体が消えていた。

「可畏、ぁ……あ！」

いとも簡単に上下を返された潤は、可畏の温もりが残るマットに四つん這《ば》いになる。

後ろから改めて尻を摑まれ、左右に大きく割られて、なす術《すべ》もなかった。

四つん這いとはいえ右手は手錠で可畏の左手と繋がっているため、背中側に回っている。

まるで自分の尻に向けて伸ばしているような歪《いびつ》な恰好《かっこう》だったが、一度斜めになってしまうと立て直しようがなかった。

「遅くなって悪かったな」

「可畏……」

「迎えに行くのも、目を覚ますのも」

傷ついた後孔に可畏の吐息を感じた潤は、何をされるのかを察した。

高く上がっている尻の膨らみに、唇を押し当てられる。

「ん、ぅ……あぁ……！」

尻のカーブをゆっくりと舐めた可畏は、潤の後孔に舌を這わせた。

かつてはわざと出血させて養分を吸いながらのセックスを愉しんでいた男が、潤の傷を早く治して、痛みを取るために行動している。

潤の苦痛を和らげるべく、後孔から腿の内側にかけて、絶えず舌を這わせた。

血が付着した部分をすべて舐め終えたのか、低く沈めていた顔を上げると、再び後孔に舌を押し当ててくる。今度は表面だけではなく、中まで入れてきた。

「あ、ぁ……やっ」

「——ッ、ゥ……」

肉厚な舌を挿入された潤は、左腕を折り曲げて突っ伏しながら身悶《みもだ》える。

獣のような恰好で中まで舐められるのは恥ずかしく、午後の光から逃れたくなった。

「あ、ぁ……可畏……ッ」

蠢く舌が窄《すぼ》まりをなぞり、内壁を突いては抜けていく。

そしてまた同じことを繰り返した。

そうこうしているうちに痛みが引いて、潤は可畏に与えられた治癒能力に感謝する。あとは快楽ばかりだった。甘過ぎる嬌声《きょうせい》を控えることに専念すればよくなる。

「潤……ッ」

舌が抜けるなり指が滑り込んできて、裂傷が治った後孔を緩やかに拡げられた。

傷が治っても、一度ペニスをくわえ込んだ柔軟さは残っている。

可畏の太く長い指を二本挿入され、さらにもう一本追加された。

「は、あ、ぁ……！」

どの指なのかはわからないが、前立腺を刺激してくる指があった。

譬《たと》えるならスイッチに近いそこに触れられると、たちまち理性を砕かれる。

体中を支える見えない芯がとろりと溶けて、気持ちよくなることで頭がいっぱいになった。

「可畏……もう、いい、から……ッ」

早く——と吐息混じりに続けた潤は、最も繋がりやすい今の体勢のまま可畏を求める。

マットに転がっていた潤滑ゼリーを手にした可畏は、はち切れんばかりに反り返った性器にゼリーを垂らした。もちろんたっぷりと垂らし、根元まで隈なく伸ばしていく。

付着していた潤の血を吸収したのか、濁りのない無色透明のゼリーが淫猥な艶をてらてらと走らせた。

「お前、ほんとに生きてんだな」

「今度こそ駄目かと思った。もしもお前が死んでたら、復讐《ふくしゅう》を終えて死ぬ覚悟だった」

「……可畏？」

「――っ、ぁ！」

潤に向かって真顔で告げた可畏は、同時に劣情を寄せてくる。

可畏の指で解された後孔に、潤いを十分に纏った肉笠が入り込んだ。

ずぷんと埋まるなり嬌声を上げた潤は、まともに喋《しゃべ》ることなどできなくなる。

「く、あ……ぁ、あ……！」

「――ッ、潤……！」

狭隘《きょうあい》な所を内側から抉《こ》じ開けられる苦しさに、身も心も歓喜した。

普通の男がいえない台詞《せりふ》と、肉欲の両方を求めていたのだと痛切に思う。

お前が死んだら生きていけない――そういっているも同然の可畏の気持ちを含めたうえでの繋がりは、痛くても苦しくても至福だった。

ましてや今は快感が勝っていて、内壁を熱いペニスで擦られるのが気持ちいい。

「や、あ……い、ぃ……ッ」

張りだした雁首が、感じる所を確実に刺激してきた。

緩急をつけて奥を突かれ、そこで止まってじりじりとさらに刺される。

腹の中まで苦しくなるのに、深い所で可畏を感じられるのが幸せだった。

「あ、あぁ……深、い……」

「潤……ッ」

可畏もまた、少し苦しげな息をつく。

繋がって間もないうちから、こらえる必要があるのだとわかった。

その証拠に可畏のペニスは奥でひくつき、射精を留まらせるべく力が籠《こ》められている。

「ふ、あ、ぁ……！」

「――ッ、ゥ」

可畏は少しだけ腰を止めて休むと、再び動きだした。

手錠ごと潤の手首を摑んでウエストを支え、粘質な音と共に突いてくる。

「ん、あ、ぅ」

肉と肉の摩擦をじっくりと味わうような抽挿だった。

当たり前だった日々に繰り返してきたセックスとは違い、切ないほど丁寧に、繋がる悦びを感じているのがわかる。

「可畏……ッ」

「潤……」

「あ、ぁ……なんか、いつもと、違う……」

「――もっと激しいのがいいか？」

「それも、いいけど……これも、可畏の形とか、リアルに感じられて……いい、よ」

「俺も、お前の中の形を感じる。うねって絡みついて、相変わらずの名器だな」

「そんな恥ずかしいこと、いうな……馬鹿……ッ」

「事実だ。おかげですぐ達きそうになる」

「ん、ぁ……そこ、もっと、強く」

求めた所を強く押し解され、潤は「ひゃぅ」っと恥ずかしい声を上げる。

口を閉じることすらできなくなり、口角から唾液がとろりと零れてしまった。

持ち上げた腰が震え、後孔から溢《あふ》れだしたゼリーが内腿を伝うのがくすぐったい。

「あ、ぁ……可畏、あ……もっと……ッ」

「──潤」

また息を詰めてこらえつつ、可畏が奥まで入ってくる。

彼が自分の生を確かめているのがよくわかった。

生きて無事に目の前にいることを実感し、それを一突きごとに確認するようなセックスに、否応なく胸を焦がされる。淋しくても嬉《うれ》しくても涙が出てきて、潤は唾液で濡らしてしまったシーツをさらに濡らした。

「可畏……あぁ、いい……！」

「潤、こんなことは二度と御免だ。このまま、手錠で繋いだまま……放したくねえ……ッ」

最奥まで一気に突いてきた可畏は、息を乱しながら腰を引いた。

結合が解ける寸前まで引いてから、前立腺を経由して再び奥までやってくる。

「は、ぁ……あ、ぁ！」

手錠で繋がれてもいいという想いで胸が満ちて、潤はシーツを握りながら頷《うなず》いた。

実際にはそんな不便なことは耐えられず、いずれ外すのはわかっていたが、現実的な問題を取っ払えば本気で繋がっていたい。

誰かの策略に嵌《は》まることも、勝手に部屋を抜けだすこともないように、強固な手錠で互いを縛りつけておけば安心だ。

——そんな不自由さが、自由でいるよりよく思える。

崩れた四つん這いで激しく突かれながら、潤は可畏の名を繰り返した。

途切れ途切れになる声に、「潤……ッ」と、快楽に満ちた可畏の声が重なる。

そうしているうちに顔を見たくてたまらなくなって、以心伝心、同時に体を寄せ合った。

「は、ふ……ぁ！」

「潤……！」

振り返りたい潤と、潤の脚を摑んで引っ繰り返させたい可畏の行動は一致し、繋がったまま向かい合うことができる。早速邪魔で仕方ない手錠も、難儀しつつ絡みを取った。

「可畏……俺、可畏に会いたくて……頭おかしくなりそうだった」

潤はベッドに背中を埋めながら、左手で可畏の体を引き寄せる。

右手はきつめの恋人繋ぎにした。

ぎゅっと握っては握り返され、衝動任せに唇を貪り合う。

「ん、ぅ……ふ……」

「──ン……」

漏れるリップ音と吐息は淫靡《いんび》で、火が点《つ》いた体に油を注がれた。

チュプチュプと舌を搦《から》めるだけで胸が熱くなり、キングサイズのベッドの上を、きつく抱き合いながら転がる。正常位になったり騎上位になったりと、上下構わず密着しながら、相手の舌を溶かさんばかりのキスを交わした。

「は、あ……ぅ、ぁ……」

「──ハ……ッ、ゥ……」

ベッドの際まで転がった二人の体はぴたりと止まり、潤の体はベッドマットと可畏の両手に囲い込まれる。

隙間なく囚われながらガツガツと貫かれると、どこにも逃げられず誰に攫《さら》われることもない状況に胸が躍った。

「可畏……っ、もっと……捕まえて……俺を、閉じ込めて……」

「潤……！」

腹の上には可畏の大きな体、頭の左右には可畏の手。そして手錠。

体の奥には可畏の性器が深々と突き刺さり、両脚は可畏の背中に。

強請《ねだ》るなり唇を塞がれて、舌もすべて可畏の物——とても安心だけれど、二十四時間ずっとこんなふうに繋がってはいられないから、絶対なんてものはない。

今回のように、不本意に攫われることがないとはいい切れないのだ。

——けど俺は、もう騙《だま》されない。何があっても、お前が俺を自分から手放すことはないって、信じるよ。別れることなんて考えない。

激しい抽挿を繰り返す可畏に穿《うが》たれながら、潤は左手を彼のうなじに回す。

思念会話などできなくても、お互いの身に迫る絶頂を感じ取れた。

《十》

夕方になっても可畏はベッドから起き上がれず、シャワーすら浴びていなかった。

精液やゼリーに塗《まみ》れたシーツは不快なうえに、腹が減って肉を摂りたくて仕方がなかったが、そんなことはどうでもいいと思えるくらい、いつまでも潤を抱いていたかった。

正確にいえば、手錠を外したり目を離したりするのが怖い。

射精後に何度か睡魔に襲われることもあり、それは気絶に限りなく近い現象だった。

睡眠障害の他に摂食障害まで起こしていた状態でスピノサウルスと戦い、どちらかといえば苦手な寒気《かんき》に晒《さら》され、冷たい海に浸かっていたことが応えたらしい。

可畏は竜人として実に安定した体を持ち、無制限かつスピーディーに恐竜化できるものの、それらは壮健な状態での話だ。人として体調が悪いと、恐竜化した際はより厳しくなる。

「そろそろ起きなきゃと思いつつ、日が暮れちゃったな」

「お前が『もっともっと』とせがむからだ」

「否定はしないけど、可畏も相当に」

潤は可畏の腕に顔を埋めつつ、「テイッ」と謎の言葉を口にして胸を叩《たた》いてくる。拳は猫のように丸めてあり、「猫パーンチ」といいながら同じことを繰り返した。さらに「テイッ、ヤッ」と攻撃してくる様は、色っぽい顔をした子供のようだ。

「何ふざけてんだ。お前は猫か」

「猫、好きだよ。猫のおかげで可畏に出会えたし」

「──そういやそうだったな」

「ふざけてる場合じゃないのはわかってるけど、こうやってゴロゴロしてられるのが嬉しくてしょうがないんだ。何度か寝ちゃったけど、起きるとちゃんと可畏がいるし」

そういって笑った潤は、仰向《あおむ》けで横になる可畏の胸に顔を寄せてくる。

さすがに汗臭いかと思ったが、気にならないのか、それとも汗の臭いが好きなのか、今度は犬のようにスンスンと鼻を鳴らして、「すげぇ幸せ」と呟《つぶや》いた。

そんなことをいわれると自分の方こそ幸せを感じるが、同時に不安にもなる。

潤の態度の裏には、それだけつらい日々があったということだ。

幸い、他の男に種付けされた痕跡や臭いはなかったが、スピノサウルス竜人、汪束蛟《おうつか》が支配する島で五日間どうしていたのかと思うと、執拗《しつよう》に問い質《ただ》したくなる。

とりあえず一つわかったのは最初の晩の出来事で──蛟が在宅中の森脇篤弘《あつひろ》を襲って拉致し、竜泉学院に連行したあと、可畏に変容して彼を痛めつけたこと。

そしてその姿を森脇自身には一切見せずに、潤にはあえて見せたという事実だ。

現在入院中の森脇は、自分が誰になんのために襲われたのかも、どこにいたのかもまったく知らない。

襲われた瞬間の記憶すらなく、気づいた時には病院に搬送されていたというだけだった。

おかげで事件としては迷宮入りが確実になり揉《も》み消す面倒がなかったが、森脇を痛めつける可畏の姿を見せつけられた潤の気持ちを思うと居たたまれない。

蛟の擬態能力を知るまでの間、潤はずっと、「恋人が友人を暴行したうえに、自分と距離を置こうとしている」と思い込まされていたのだ。

当然、潤は苦しんだはずだ。

怒りを抱えながら、今後どうするべきか悩んだに違いない。

「可畏、水族館に行った日の夜……どこに行ってたんだ？」

軽い猫パンチを黙々と続けていた潤は、急に深刻な口調で訊いてくる。

あの夜、自分さえ出かけなかったら森脇篤弘が拉致されることはなく、潤が攫われることもなかったのか、それとも自分が出かけなかった場合でも、擬態能力を持つ蛟には潤を拉致する別の手段があったのか——本当のところは蛟にしかわからないが、可畏には罪の意識と大きな悔恨があった。

「所用で実家に帰ってた」

本当のことをいうつもりだった可畏は、半分嘘をつく。

夜中にいきなり実家に帰ったのは真実だが、実際には所用で済まされる話ではない。

「携帯も持たずに？」

「ああ、少し慌ててたせいか、忘れた」

正しくは慌てていたわけではなく、苛立《いらだ》っていたので忘れたのだ。

途中で携帯がないことに気づいたが、潤が起きる前に帰るつもりだったのと、とにかく早く実家に帰りたくて車を戻しはしなかった。

「そうか……ごめんな、俺……友達から電話もらって森脇の話を聞いた途端、可畏を疑った。可畏をイラつかせたことで森脇は襲われたんじゃないかって思って、それで捜しに出たんだ」

謝らないでくれといいたくてもいえずに、可畏は潤の髪に顔を寄せる。

過去にしてきたことを考えれば、そのタイミングで不在だった自分は疑われて然るべきだ。

それに関して、潤が自分を信じてくれなかったと嘆く資格は微塵《みじん》もなく、潤が謝る必要性もまったく感じていない。

「俺、可畏の振りした蛟が森脇を監禁してるとこを見て、アイツに向かって叫んだ言葉をよく憶えてるんだ。『信じてたのに』って、そういった」

「——潤……」

「嘘だよな、大嘘。お前のこと、本当に信じてたら最初から疑わないよな。俺はお前が森脇の件に関わってないことを信じたかったし、無関係でありますようにって祈ったりしてたけど、本当に信じてたわけじゃなかったんだ。お前は何も悪くなかったのに……森脇にイラついても人間らしくちゃんと感情をコントロールできてたのに、そんなお前に対して怒り狂って、絶対許さないとか、別れようとか……酷いことばっか考えてた」

潤は声をわずかに震わせながら顔を上げ、キスができるほどの距離で見つめてくる。目が潤んでいて、つい先程までふざけていたのが嘘のようだった。

ただ見つめられているだけで、心臓を掻《か》き毟《むし》られる。

「潤……泣くな。お前は何も悪くねえ」

「悪いよ。可畏の努力を踏み躙《にじ》った。それに、森脇を襲ったことを反省してる可畏が、距離を置くために俺を霧影島に預けたって話も、最初は疑ってたけど最終的には信じたし。俺は……可畏の理性も俺に対する愛情とかも、どっちも信じきれてなかったんだ。口ばっかりで、全然誠実じゃなかった」

飴《あめ》色の前髪の間から覗《のぞ》く琥珀《こはく》の瞳は、ますます濡れていく。

次の瞬きと同時に、はらりと一粒、涙が落ちた。

慌てて拭う姿は可愛《かわい》かったが見ていられず、可畏の胸は引き絞られる。

「潤……違う、そうじゃねえんだ」

普段は強気な潤を泣かせたのが蛟だといい切れるなら、怒りだけで済んだかもしれない。

しかし真実は違う。

臑《すね》に疵《きず》持つ身で、姑息《こそく》に隠している自分がいた。

潤にすべて話そうと思う気持ちもあったが、結局今になってもいいだせず、問われながらも誤魔化してしまった。

だが、今度こそ本当にいおうと思う。いわなければ潤ばかりが罪の意識を背負って謝罪する破目になり、こうして泣くことになるからだ。

「所用ってのは嘘だ。俺は自分をコントロールできなかった」

「……嘘って？　実家に行ったことが？」

「いや、実家には行った。兄が囲ってる小型種を、半殺しにするために――」

可畏があの夜の真実を口にした途端、潤は表情を固めた。

理解するのに時間を要し、何が起きたのかわからないような顔をしている。

しかし本当はすでにわかっていて、受け入れられずに戸惑っているのだろう。

最後には目を剝いて、苦しげに眉根を寄せる。

こんな顔をさせるくらいなら秘めておきたかったが、いわなければならない話だった。

この期に及んで隠そうとした自分の往生際の悪さに嫌気が差す。

潤の言葉を借りれば、それこそ誠実ではない。

「それって、森脇の……せいで？」

「お前を抱いて一時は抑え込んだ苛立ちが夜中に再燃して、我慢できなかった。ただ、お前の友人を襲うような取り返しのつかない真似はしてねえ。森脇の代わりに、ヴェロキラや生餌や学内の雑魚《ざこ》共をサンドバッグにして、お前に気づかれて愛想を尽かされるのも御免だった。実家にさえ帰れば何をしてもお前にバレずに済む。気が晴れれば、翌日から平然と過ごすこともできると思った。だから俺はストレスを発散しに実家に帰った。事実いくらか落ち着いて……浴びた血を洗い流して夜明け前に帰ってきたら、お前がいなくなってた」

これは天罰だと思ったあの瞬間の絶望と、悔やんでも悔やみきれない己の自制心のなさに、あれから毎日懺悔《ざんげ》を繰り返してきた。

いるかいないかわからない神に向かって、「許してくれ」と叫ぶように詫《わ》びて、潤の無事を祈った結果今がある。

「森脇の血液や、お前の携帯や傘が体育館の地下で発見されたことと、愚兄共が突然モナコに向かったこと。さらに水族館のプレオープン初日の入場者リストに兄三人の名があり、お前や森脇らが館内にいた時間帯に監視カメラに映っていたことで、俺は森脇を使って奴らがお前を脅迫して連れ去り、竜嵜帝訶《ていか》殺しの件で俺に報復を仕掛けてきたと思い込んで追いかけた」

「……水族館に、お兄さん達、来てたのか」

「入場ゲートの映像では、俺達より先に入ってた。自堕落な生活を送る三番目から五番目だが、それでも竜嵜グループの役員ではあるからな。気まぐれに出かけたんだろう」

「そう、だったのか……チケット、もらえる立場だもんな。いたなんて全然気づかなかった」

「向こうもお前に気づいてなかった。俺が一緒にいた時間帯には地下にいたようだ。水族館に居合わせたのは単なる偶然で、モナコに行ったのは帝訶絡みの報復ではなく、部下を半殺しにされたことに対する反発として、俺の自家用機や金を勝手に使ってカジノで豪遊しただけだ。お前や森脇の件とは無関係だった」

「そうか……監視カメラに、蛟は映ってなかったんだな？」

「ああ、知ってる顔は兄だけだった」

潤の母親と妹を竜人社会のいざこざに巻き込まないよう彼女達に護衛をつけている可畏は、前々から自分に恨みを持っていた兄達が潤の友人を日中に見かけて目をつけ、その夜に部下を甚振《いたぶ》られたことがきっかけになって短絡的な犯行に至ったと判断してしまった。

それが潤の救出を遅れさせる最初のミスに繋がったが、クリスチャンの研究所に蛟が侵入したことを知ってさらに詳しく調べさせても、水族館の監視カメラ映像に汪束蛟の姿はなく、犯行現場になった竜泉学院の部外者である蛟に辿《たど》り着くのが難しかったのは事実だ。

人間社会ではティラノサウルスとスピノサウルスが比較されることがよくあるが、もし同じ時代に生きていたとしたらスピノサウルスはティラノサウルスの敵ではなく、ましてや竜人となった現代では個体としての完成度や寿命が違うため、蛟は可畏の眼中になかった。

そういった傲《おご》りや油断こそが、何よりの失態だと思っている。

「モナコに飛ぶ前に、もっと冷静になりゃよかった。お前を連れ去られて冷静になるってのが土台無理な話だが、それができてりゃもっと早く迎えにいけたはずだ」

「可畏……ごめん、それは違うんだ。お前が悪いんじゃない……俺が悪いんだ。あの日の夜、蛟のことをお前に黙ってたから」

「──蛟のことを？」

「水族館でスピノサウルスの影を見かけて、森脇達と急いで別れたあと……蛟に会って、少し話した。俺がそのことを可畏に隠したりしなければ、お兄さんを疑う前に蛟を疑ってたよな。何日も眠れないなんてこともなく、すぐに霧影島に……」

「──っ、水族館で、蛟に会ってたのか？」

「うん……本当にごめん」

潤は起き上がってベッドの上で正座をすると、柳眉をきつく寄せた。

表情に伴って明らかに青ざめていて、肩には震えすら感じる。

そんな顔を見ると、頭ごなしに怒る気にはなれなかった。

ただ、酷く衝撃的ではある。

可畏の認識では、潤が蛟と初めて会ったのは水族館に行った日の深夜──森脇が拉致されたあとで、その時点で蛟は可畏に擬態しており、潤が蛟自身の姿を目にしたのは、霧影島に連れ去られてからだと思っていた。

クリスチャンの研究所から盗撮動画を盗みだした蛟が、潤を欲したことも、交配相手の死を機に箍《たが》が外れたことも、海沿いの水族館にチケットを使わずに侵入したことも理解できたが、潤が蛟との接触を隠していた理由はまったくわからない。

「黙っていて、本当にごめん。俺……可畏がスピノを敵視していないとは思ってなかったし、むしろスピノはティラノにとって強大なライバルくらいに思ってた。だから俺が蛟と会ったら機嫌悪くなると思ったし、それに……蛟には人型のまま思念会話ができる能力があって、俺はそれを受信したり、発信したりする力があった。だから余計に、いえなかった」

目を剝くのは可畏の番になり、潤は俯《うつむ》きながら唇を引き結ぶ。

後半は涙声になっていて、時折洟《はな》を啜《すす》る有り様だった。

可畏もまた、混乱のあまり思うように話せない。

——思念を受信し、発信……つまり、思念だけで蛟と会話ができたってことか？

まるで可畏の心を読み取ったかのように、潤は黙って頷いた。

もう一度「ごめん」と謝ってから、さらに洟を啜る。

「蛟に関して知ってることを全部話すけど、蛟は思念会話の能力が優れていて、でも……蛟の思念を完全に受け止めて返すことができるのは俺だけだっていってた。俺が元々そういう力を持ってるからなのか、可畏の血を持ってるからなのか、それはよくわからない。あと、蛟には水を操る力があって、零れた水を器に戻したりできた。その力を使ってリアムの顔に血の塊をぶつけて、窒息寸前に追い込んだんだと思う。あとは擬態と、水鏡って呼ばれてる特殊能力があって、この部屋に置いてある水を通して、動画を盗む前から俺達を覗いてたらしい。それで、可畏が羨《うらや》ましくなったっていってた」

腹を据えた顔で一気に語った潤を前に、可畏も大きく身を起こす。

とても横になっていられなくなり、想像以上の真実に閉口した。

しかし、これでいくらか引っかかっていたことの謎が解けた。

これまでは霧影島で静かに暮らしていた蛟が、交配相手が死んだからといって何故いきなりクリスチャンの研究所に忍び込み、動画を盗んだのか。

そもそも盗撮動画の存在やデータにアクセスするためのパスワードを知っていたこと自体が不自然なうえに、動画を見てから潤に想いを寄せたと考えると、行動があまりにも早過ぎると感じていた。

実際にはもっと前から覗いていたのだ。

おそらく、交配相手が生きている段階から潤に対して想いを募らせていたのだろう。

「蛟は、クリスチャンの研究所も覗けたってことか？」

「そうだと思う。ハワイでもどこでもすぐに行けるようなことといってたし」

潤の答えを聞きつつも、可畏はベッドの周囲に目を配る。

水の入ったグラスやペットボトル、花瓶が置かれていないか確かめずにはいられなかった。

全裸やセックスを他人に見られることに対して、可畏は人間ほどの抵抗感を持っていないが、潤と二人で過ごす時間を盗まれたと考えると酷く不愉快になる。

見せつけるのと勝手に覗かれるのでは、百八十度違うのだ。

「可畏が、怒りを抑えきれずに実家に戻って、無関係な竜人にそういうことをしたのは、正直凄《すご》く嫌だと思う。でもそう思う気持ちと同じくらい強く、俺の友達に……人間に手を出さずにいてくれたこと、ありがたいと思ってる」

琥珀色の瞳を揺らしながら、潤は少しだけ口元を緩ませる。

けれどもそれは一瞬で、すぐに泣きそうな顔になった。

「可畏が、そこまではしないって、信じてあげられなくてごめん」

「お前が謝ることじゃねえ。俺は、お前が信じるに足る言動を取ってこなかった」

可畏は自由な右手を潤の頬に伸ばし、潤んだ瞳の下に触れる。

涙袋を越えて落ちる一雫《ひとしずく》を指先で受け止めると、潤は首を横に振った。

自分が悪いといいたいらしく、表情は苦しげだ。

「蛟と会ってたこと、黙ってて悪かった。頼み事とかできる立場じゃないのわかってるけど、蛟のこと、許してやってほしい。人の姿ではあと少ししか生きられないってわかってて、子孫も残せなくて、自暴自棄になってた。意思の疎通ができる相手を、凄く求めてて……」

「そうなんだろうな」

「可畏……」

「恐竜化して海の底に隠れるしかない日々に、もしもお前という存在が加わったらと妄想し、俺から奪いたくてたまらなくなる気持ちはわからなくもねえ。俺が逆の立場なら、確実に奪い取って妄想を現実にするけどな」

可畏は潤の頬を撫で、手錠で繋がれた手を引き寄せた。

しなやかで軽い潤の体を抱き寄せて、肩の上に顎を乗せる。

「可畏……蛟のこと、許してくれるのか？」

潤の告白は意外なものばかりだったが、蛟の命乞いに関しては想定内だった。

水竜人は短命なこともあり、平穏な暮らしを望む性質の竜人が多く、蛟も例外ではない。

彼が潤に好意を持っていたなら、悪い扱いはしなかっただろう。

潤の性格からして、ある程度は絆《ほだ》されていたはずだ。

「しばらく考えたい」

蛟のことは許す。安心しろ——とはいえなかった可畏は、潤が容易に顔を上げられないほどしっかりと頭を掻き抱き、肩や首筋に顔を埋めた。

潤がびくついて、心音を高鳴らせているのがわかる。

本当は今すぐに安心させてやるべきなのかもしれないが、蛟の行為は同盟関係にある可畏に対する一方的な暴挙であり、いくら絶滅危惧種《きぐしゅ》とはいえ断罪されて然るべきものだ。

蛟の特殊能力に関する情報や遺伝子欲しさにクリスチャンが延命の約束をしてしまったが、予想以上に能力値の高い蛟を、このまま野放しにしておいていいのかという懸念もある。雌のスピノサウルスの遺体から発見された、竜人の細胞を活性化させる血液は非常に有益な物だと思われるが、だからといって蛟を自由にしておく必要はない。

生け捕りにして、実験体として使えばいいとも考えられる。

クリスチャンは研究にしか興味がない振りをして、蛟の前で聞こえのいい説得をしていたが、実際には若返りの力を自分も使いたいと思っているはずだ。普段はマッドサイエンティストの研究馬鹿だが、強い子孫を残すという私欲に関しては執着がある。

陸棲の他の竜人に秘密で若返りを図り、自分に想いを寄せてくる雌雄同体のキメラ竜人、リアム・ドレイクを嫁に迎えて孕《はら》ませようとしているのかもしれない。

――奴なら、スピノを生かさず殺さず拘束することもできるはずだ。

残酷な提案をすれば潤の心が自分から離れてしまうのはわかっているが、それくらいの罰を与えるべきという思いが可畏の中にはあった。

「そんなに心配するな。えらく複雑だが……お前に手を出したアイツを八つ裂きにしても飽き足らないと思うのと同時に、お前を生かしておいてくれてありがとうといいたいような、妙な気分を抱えてる」

可畏は自分の中にある気持ちを、なるべく正直に語る。

潤の機嫌を取るための嘘ではなかった。

生死も行方もわからなかった、どん底の日々の最後に祈っていたのは、「とにかく命だけは助けてくれ」というもので、勝手に交換条件を持ちだし、誰だかわからない犯人に対して、「潤が生きてさえいれば許してやる」とも、「俺が持ち得るすべてのものをやるから、潤だけは返してくれ」とも訴えかけていた。

その時の自分の胸を支配していたのは、怒りでも殺意でもなく、ただひたすらに潤の無事を願う想いだった。過ぎてしまえば怒りの度合いが一気に強くなるが、祈っていた時の気持ちを完全に忘れたわけではない。

「可畏、ありがとう」

「礼をいうのは早い。許すと決まったわけじゃねえ」

「考えてくれてるだけで嬉しくて……本当に、ありがとう」

お互いに縋《すが》りつきながら言葉を交わし、そのまま心音を重ねる。

今となっては怒りの度合いが強いというのは嘘だと、可畏は気づかされた。

怒りよりも復讐よりも、潤が生きて自分の腕の中にいることの喜びが、何より大きい。

《十一》

翌日の日曜日、潤は可畏を連れて実家に帰った。

すでに自分達の関係を知っている母親に、きちんとカミングアウトすると決めたのは二週間以上前のことで、これまでは「近いうちに話そう」とだけ考えていたが、今回の一件で弾みがついた。

兄が囲う小型肉食竜人をサンドバッグ代わりにした可畏の行為や、潤にバレなければいいという考えを受け入れることはできないものの、可畏が暴君竜の本能に逆らって、極力我慢しているのはわかる。

彼が竜人であり、被害を受けたのも竜人である以上、人間の尺度で測るものではないのだ。少なくとも、可畏を苛立たせた張本人である森脇には一切手を出さないだけの、強い理性と忍耐が可畏にはあった。信じるに足ると思えたからこそ、弾みがついたのだ。

「三人揃ってそんなに緊張しないで。空気がピリピリして痛いわ」

沢木《さわき》家のリビングで、母親の渉子《しょうこ》が苦笑気味にいう。

三人というのは、潤の妹の澪《みお》を含めた三人だった。

まずは母親にカミングアウトするつもりで、帰省することを前夜に連絡しておいたのだが、帰ってみると澪も家にいて、可畏の視線を気にして服も髪も完璧に整えていた。

潤のカミングアウトは、単なる性的指向の告白ではなく澪の生活にも関わる話になるため、潤は母親と妹の両方に対し、同時に打ち明けることを決意する。

「母さんは、以前可畏から聞いてて知ってると思うけど、俺……可畏と付き合ってる」

事前に知られていようと、自分の口から話すのは予想以上に緊張するものだった。

ましてや妹にまで話すのはハードルが高く、声の調子がおかしくなる。

高くなったり低くなったりするうえに、テーブルの下の手が汗ばみ、膝が震えた。

正面に座る渉子の顔を見たくても見られず、紺のニットとティーカップばかりを見てしまい、首より上まで視線を上げられない。

「潤が竜寄くんのことを好きなら、それでいいと思ってるわよ。でもなんでわざわざ？」

渉子の言葉に、澪が「ママ凄い。寛容ー」と、高めのテンションで声を上げた。

真面目な顔で聞いている渉子とは違って、澪は露骨に興奮を示している。

兄が彼女を作るのをよしとしないところや、潤に対して元々ゲイ疑惑を持っていたせいか、明らかに喜んでいるのがわかった。相手が、超がいくつも付くほど大金持ちのイケメンという辺りも影響しているのだろう。

「ちゃんと、話しておきたいと思って」

「それはいい心掛けだけど、出会ってまだ三、四ヵ月でしょ？　結婚するとかじゃないんだし、大学行っても変わらずに何年も付き合ってからでもよかったのに。私そんなにうるさくないのわかってるでしょ？　気づいたからって引き裂こうとかしないわよ」

「うん、それはわかってる」

潤はようやく渉子の顔を見ることができたが、本当にいいたいことがいえずにいた。

可畏の恋人になったことで脅迫されたり攫われたり、危険な目に遭っていること。その累は渉子や澪にも及んでおり、家中を盗撮されたりサプリメントに危険な毒物を混入されたりと、選択を一つ間違えれば取り返しのつかない惨事になっていたこと――それらすべてを告白することはできないが、ボディーガードをつけたり、安全な場所に引っ越したりする必要性があることは伝えなければならない。

「実はその、詳しくはいえないんだけど色々難しい事情があって……これからも安全に暮らすために、可畏が用意した家に引っ越してほしいんだ」

「は？　え、なんですって？　引っ越し？」

「お、お兄ちゃん何いってんの？」

頭で整理してきた台詞をまともにいえなかった潤は、大方の話をすっ飛ばして核心に迫る。

いきなりの提案に呆気《あっけ》に取られた渉子と澪は、潤と可畏の顔を交互に見た。

「物件はこちらになります」

潤の隣に座っていた可畏は、足元に置いていた学生鞄《かばん》から大きな封筒を取りだすと、中身を速やかにテーブルの上に広げる。さながらやり手の営業マンのようで、一度は度肝を抜かれた渉子も澪も、豪邸の写真に食いついていた。

潤も出がけに初めて見たのだが、政治家や大物芸能人が住むような邸宅だ。

若干物々しい雰囲気すらあり、コンクリートのモダンな塀が要塞染みている。

「場所は地図の通りで、ここから徒歩十分程度。最寄り駅も変わらず、駅から徒歩五分以内の場所にあります。外庭を広く取ってあり、建物はロの字形で、中央に周囲から見えない中庭があるのが特徴です。周辺住宅も買い上げてあるので、ボディーガードや運転手の待機所として利用しようと思っています。地下は頑丈で広いシェルターになっていて、監視カメラの台数は二十台以上。急いで用意したので新築ではありませんが、大幅なリノベーションを行いました。もちろん無償で提供しますので、好きに使ってください。ファブリックは既存のままですが、担当者に希望を伝えていただければ好みの物に交換します」

多少緊張を匂わせながらも滑らかに説明する可畏を前に、潤は身を竦《すく》めていた。

無償提供という話は初耳で、ハワイから帰国したばかりの頃に無償は駄目だといっておいた記憶があったが、可畏は勝手に話を進めている。かといってここでいきなり割り込んで可畏の提案を否定するのも、意思の疎通が取れていないようでよくないと思った。

母親と妹の顔を交互に見てみると、澪は目をキラキラと輝かせている。

間取り図を見て、自分の部屋はどこになるのか妄想を巡らせている顔だった。

しかし渉子の表情は対照的で、口元は適当に笑いながらも、眉を少し寄せ、目には不機嫌な光を湛えている。家族に対してはあまり見せない、外向きの怒りの顔だった。

本当は怒りたいのを、理性でセーブしているのがわかる。

「竜嵜くん、確かに素敵な豪邸だし夢みたいな話だけど、これはないわ。貴方がとんでもないお金持ちなのも気前がいいのも、潤を大事に思ってくれてるのもわかるけど、これはない」

「マ、ママ……もうちょっと優しく。竜嵜さんに悪気はないんだから」

静まり返った部屋に響く渉子の声に、真っ先に反応したのは澪だった。

「アンタは黙ってなさい。ほんとのことというと、貴方と潤が付き合ってるって知った時点で、潤の学費がタダの理由もわかったし、このままでいいのか引っかかってて話し合いの場を持ちたかったのよね。リッチな彼氏を持つのも、高価なプレゼントをもらうのも潤の自由だけど、これはちょっと違うでしょ。潤は潤、私達は私達なの。超大金持ちの竜嵜くんからしたら貧乏くさいかもしれないけど、これでも三人で暮らすには十分なマンションだし、女手一つで子供二人を大学まで行かせる程度の稼ぎも貯金もあるのよ。付き合い始めたばっかりでラブラブで、一番テンション高い時なのはわかるけど、これはやり過ぎ。十八年しか生きてない子に恵んでもらいたくなんかないの。私のプライドを傷つけないで」

感情的になりやすい渉子の声は次第に強くなっていき、潤と澪は絶句する。

可畏も同様で、むしろ潤以上に固まっていた。

二人して緊張していて、大事な部分を飛ばして話を進めた結果がこの始末だ。

渉子のいい分は正論で、事を上手《うま》く運ぶためにはやはり順序立てた説明が必要になる。

——当初の予定では、竜嵜グループのいざこざに巻き込まれる危険があるからって説得するつもりだったけど、やっぱりそれはまずい気がしていえなかった。母さんは結局のところ俺が大事だから、そんな危険な相手なら別れろっていうだろうし、可畏サイドからの問題に備えて引っ越せっていったって、絶対いう通りにしないよな。

潤はテーブルの下で隣の可畏に手を伸ばし、右手で可畏の左手を摑む。

手錠をしていた時と同じように一つになって、互いの指を握ってから顔を見合わせた。

可畏は能面のように表情を固めたまま、黒い瞳だけを不安定に泳がせている。

当たり前といえば当たり前の反応だった。

可畏にとって渉子は、か弱いただの人間でありながらも嫌われたくない相手という、可畏の人生の中で実に高いポジションにいる。

「可畏、俺……本当のことを話す。口裏合わせてくれてありがとう」

「——ッ」

潤は絶望的な可畏の表情を見て腹を括《くく》り、今度こそしっかりと渉子を見据えた。

本当のこと——可畏がティラノサウルス・レックスの遺伝子を持つ超進化型の竜人で、竜泉学院が竜人のための学校であることや、空飛ぶ竜人や海底に潜む竜人に拉致されたことなどを話せるわけはなかったが、「本当のことを話している」と、徹底して装う覚悟を決める。

「母さん、俺……実はかなりヤバい状況にあるんだ」

「ヤバい状況って？」

「母さんも澪も完全には信じてないけど、俺には生まれつき、動物や鳥や魚の感情を読み取る力がある。それが年齢と共に進化して、稀《まれ》に人間の思考まで読み取れることがあるんだ」

「……それじゃエスパーみたいじゃない」

「そうだよ、俺は元々エスパーみたいなものだったんだ。で、それを迂闊《うかつ》に人に話したら少し広まっちゃって。いわゆる凄く希少な超能力者の一種なわけだし、ＮＡＳＡが研究対象として俺を欲しがってる」

「ＮＡＳＡ？　宇宙開発とかの？」

「そう、宇宙開発に限らず色々やってるＮＡＳＡにスカウトされたんだ。それは断ったけど、俺の力を欲しがってるのはＮＡＳＡだけじゃない。世界中の超能力者を集めて研究して、軍事利用しようって組織に狙われてるんだ」

　これまで読んだ漫画や観た映画の知識から尤もらしい話を捏造《ねつぞう》した潤は、あくまでも真剣な顔で母親に訴える。

嘘をつくことに対する罪悪感はなく、この嘘の最終的な目的が母親や妹の身を守ることだと思えば、目を逸《そ》らさずに最後までいい切ることができた。

「そんな漫画みたいな話、ほんとにあるわけないじゃない」

「あるんだよ。俺が生まれ持った力自体が漫画みたいなもんだし、こういう不思議な力の持ち主は実在するんだ。心配かけると思って今までいえなかったけど……今の俺は芸能スカウトに追い回されてた時よりよっぽど危ない状況にある。俺がこれまで無事でいられたのは、可畏が命張って守ってくれたからだ。けど、場合によっては母さんや澪の身も危ない。俺が超能力者だってことがヤバい組織に知られた以上……親族にも同じ力があるかもしれないって疑われて、狙われる危険があるんだ」

「まさかそんな、嘘でしょ」

「嘘じゃない。可畏は、母さんや澪に変な奴が近づけないようにって、真剣に考えてくれた。母さんのプライドを傷つける気なんて全然ない。自分が持ってる力をフルに使って、どうにか守りたいと思ってくれてるだけなんだ！」

潤は勢い余って両手をテーブルに叩きつけ、可畏と繋いでいた手を晒《さら》してしまう。

二人の視線が手に集中したが、それでも離しはしなかった。

母親と妹は疎か、可畏まで驚いているのが指の動きで感じられたが、潤はこの嘘をつき通す覚悟で母親の目だけを見て、自分の気持ちを訴え続ける。

「あんまり詳しいことは話せないけど、安全のためだってこと、信じてくれ。付き合い立てのテンションとか、そんな明るいばっかの話じゃない」

「潤……」

「むしろ、命の心配とかせずにラブラブでいられたらよかったって思ってるよ。そのくらい、しんどいことが続いてるんだ」

作り話と真実を織り交ぜるうちに、潤の瞼は熱くなる。

親や妹の前で泣くのも、涙声になるのも絶対に嫌だったが、感情が揺れてしまった。

根掘り葉掘り訊かずに、どうか受け入れてほしいと思う。

リアムとクリスチャンに母親や妹を盾に取って脅された時の恐怖、大切な家族を守りたいと思ったあの気持ちを、今の自分の発言や表情から感じ取ってほしい。

引っ越すことがそんなに容易な話ではないことくらい承知しているが、それでも委細構わず「わかった」といってほしかった。

「いう通りにしたら、潤は安心なの？　私にできることはそれだけなの？」

「母さん……っ」

渉子の問いに、潤の瞼はさらに熱を帯びていく。

泣くのをかろうじてこらえながら頷くと、深い溜《た》め息《いき》が返ってきた。

澪は話について行けずに呆然《ぼうぜん》としていたようだったが、胸を撫で下ろす仕草を見せる。

「今後二人が上手くいかなくなって別れたからって、すぐに出ていけとかいわれても困るから、契約書はしっかり作ってちょうだい。店子《たなこ》の権利が守られる標準的な賃貸契約書よ。もちろん家賃は払います。この物件に見合う家賃を払ったら破産しちゃうから、このマンションを人に貸して得た分を竜寄さんに回すって感じでいいかしら？　借り手が見つかるかわからないけど、売っちゃうなんて怖いことはできないし、まずは借り手を見つけるわ。そんな端金《はしたがね》は要らないとかいうなら断ります。それでいいわね？」

半信半疑でまだ納得していない様子の渉子だったが、彼女なりに譲歩しているのが感じられ、潤の胸は安堵の念でいっぱいになる。

これで少しは安心できると思うと、いつの間にか上がっていた肩がふっと下りた。

渉子のプライドや、可畏の財力に頼りきりたくない自分自身のプライドもあったが、危険を回避するためにはやむを得ないと思っている。着々と物件を用意してくれていた可畏と、引っ越しに承諾してくれた母親に、心から感謝した。

「はい、その通りにします。考えが至らず申し訳ありません」

テーブルの上で潤の手を握ったまま頭を下げた可畏の横で、潤はぐっと息を詰める。

一緒に頭を下げようと思ったが、真剣な可畏の横顔を見ていると感極まって泣きだしそうで、彼の手を握っていることしかできなかった。

《十二》

潤と共にマンションをあとにした可畏は、徒歩十分程度の位置にある沢木家の新住居に車で向かった。高い塀の向こうには、リムジンでもキャンピングカーでも問題なく停められる大型駐車場があり、外庭には冬場でも綺麗《きれい》な緑色を保つクラピアが敷き詰められている。

「親の前ではいわなかったけど、俺……豪邸は絶対NGだっていったよな？」

「そうだったか？」

「引いちゃうから駄目ってちゃんといった。それに無償も駄目っていったのに、俺のいうこと全然聞いてない。警備上の都合があるのはわかるけど、いきなりこんな豪邸にタダで住めっていわれて引かない人間はいないって」

先程まで泣きそうな顔をしていた潤は、新しい実家になる戸建て住宅に着くなりぷっくりと頬を膨らませた。そのまま唇を斜めに向けて崩してもなお可愛い顔をして、「可畏はやり過ぎなんだよ」と文句をいってくる。

「今住んでる所の近くでと考えると、これ以上に合う物件がなかった」

「うん、ほんとはわかってるけどさ。色々考えてくれた結果なんだろ？」

「わかってても文句を垂れんのか？」

「豪邸は豪邸だし、無償とかいっちゃうし」

「お前の作り話と演技力は大したものだったな」

「なんか自分でいってて怖くなった。現実になりそうでさ」

「もしも現実になっても、今度こそ俺が守る」

「ほんと、お願いしますよ竜王様」

ぷりぷりと怒りつつも実際にはさほど怒っていない様子の潤は、午後の陽射しの中を歩いていく。

外庭を一回りすると、「この家、プールがなくてよかった」と呟いた。

この呟きは意味深だ。汪束蛟のことを思いだしているのか、それとも水竜人全体を警戒しているのか定かではないが、プールからの侵入者を意識しているのは間違いない。

「人が通れるだけの配管がなければ平気だ。特に蛟はデカいからな」

「うん……でも小さい子もいるからな。水竜人は赤ん坊まで全部、毎晩海に飛び込んで水竜になってるし、水を通してどこでも行けそう。裸で海に下りていくのを見たけど、かなり奇妙な光景だった。ほとんど人間の姿で過ごせる陸の竜人とは全然違うんだなって思って」

潤はプールがあってもおかしくない広さの庭に佇《たたず》むと、太陽の方向に手を翳《かざ》す。

眩《まぶ》しそうにしながら建物を見上げ、「やっぱ豪邸だ」と眉を顰《ひそ》めた。

青空を背負う潤の姿に、可畏は青い目をした潤を重ねる。

水竜人のことを物珍しい生物として話している潤の体には、蛟の血が流れているのだ。

今は琥珀色の瞳をしていて、体温にも異常はなかったが、海王スピノサウルスの血液は今も潤の体内に息づき、可畏が注いだ暴君竜の血と共に体中を巡っている。

――蛟をぶっ殺して、潤の体から奴の血を一滴残らず抜き取りてえ。

そう考える可畏の怒りの根源は、大きく分けて二つあった。

一つは単純に、他の男の血が潤の体内にあるという不快感。

もう一つは、竜人の血液を人間に輸血することの危険性だ。

今年の九月一日、可畏は潤に自分の血を輸血して類稀《たぐいまれ》なる治癒能力を与えたが、輸血により潤が死亡する確率は相当に高かった。

ただし、あの時の潤は交通事故で頭部を酷く損傷しており、そうでもしなければ数分後には死亡していたのは間違いない。そもそもまだ愛情がなかった時のことで、一か八か試してみることに躊躇《ためら》いはなかった。

しかし蛟の場合は違う。潤が可畏の血に適合していることを知っていたにしても、水竜人の血をいきなり輸血するのは危険な行為だ。両方の血を人間に輸血して成功した例はなく、幸い潤は適合できたが、それは結果論でしかない。

「お前の目、プールに入ったら青くなるかもしれねえな」

「うん、そうだな……暗い海の底で目が利いたり、息ができたりするのかも」

「ほんとに人魚みてえだな」

　可畏の言葉に、潤は何かを思いだしたように顔を上げる。

「そういえば、俺のことを人魚姫とかいってた。でもその呼び方は本末転倒だよな。人魚姫が好きなのは陸に住んでる王子だろ？　海王と人魚姫じゃ結ばれないのに、矛盾してるよな」

「陸の王子とも結ばれねえけどな」

「え、そうなの？　マジで？」

　長い睫毛ごと目をカッと見開いた潤は、本気で驚いているようだった。

　妹がいるのにそんなことも知らないのか——と突っ込みたくなった可畏は、世界的に有名な童話の結末を知りたがる潤の背中に触れる。

「人魚姫は陸の王と結ばれる」

「……王？　王子じゃなくて？」

「王子が王になってから結ばれるんだ」

「あ、なるほど。やっぱハッピーエンドがいいよな」

　からりと笑った潤に苦笑しつつ、可畏はポケットから家の鍵を取りだす。

　施錠を解いて中に入ると、いつでも下見に来られるようスリッパが用意されていた。

吹き抜けの広い玄関ホールを見上げた潤は、「うわ、広っ」と声を上げ、呆れ半分に驚きを示しながらスリッパに履き替える。

「先に二階に行くぞ。お前の部屋を用意してある」

「俺の部屋まで？　大学行っても寮生活だろ？」

「たまには実家に帰るだろ？」

「そっか、そうだよな」

潤は自分の部屋といわれて気持ちが弾んだらしく、玄関ホールの先にある階段に向かった。トトトッと軽快に上がっていき、二階に並ぶ扉を見るなり振り返る。

「どこが俺の部屋？」と訊いてくる顔は、脹れっ面とは大違いに晴れ晴れとしていた。

「一番奥だ。防音仕様になってる」

「うわ、なんかヤラシー」

潤はそういいながらも笑顔を浮かべ、奥の部屋の扉を開ける。

この家で暮らす時間が長い渉子や澪を立てておいた方がよいと判断した可畏は、潤の部屋を比較的日当たりの悪い小さめの部屋にして、ベッドも家具も新しい物を入れさせておいた。

防音仕様なのは偶然で、元々はグランドピアノが置いてあった部屋らしい。

「おー、天蓋ベッドとかあるし……寮の部屋がコンパクトになったみたいな感じだな。これ、俺の好みじゃなく可畏の好みだろ？　俺の帰省時に泊まる気満々だな」

「カミングアウトもしたんだ。同室でも構わねえだろ？」

「いや、そこはやっぱ客間に泊まるべきだって」

くすくすと笑う潤の横顔を見ながら、可畏は今ここにある日常に笑む。

シーツの重みが変わるほど激しく濡れ乱れるのもよかったが、ただこんなふうに並んで立ち、普通に会話をしている時間が尊く思えた。

潤が無事な姿で帰ってきて、これまで通りに自分に笑いかけ、そして当たり前に一緒にいる未来の話をしている。これ以上ないほどの幸せを感じると、何もかも許せる気分になれた。

「――汪束蛟のこと、許してやってもいいぞ」

ベッドに近づいていく潤の背中に告げると、「え？」という声と共に笑顔が返ってくる。

他の男のために笑う潤が少し憎らしくなったが、こういう性格だから愛したのだ。「自分を攫ったあの男を始末してくれ」などという、草食竜人と変わらない言動を取る人間だったら、こんなふうに心奪われることはなかっただろう。

「蛟のこと、許してくれるのか？」

「お前に手を出したことは万死に値すると思ってる。輸血したことも気に入らねえし、本当は八つ裂きにしてやりたい。その気持ちは変わらねえが、大局的見地からすれば、奴を殺すのは得策じゃない。このまま生かしておいた方がいい」

「た、大局的……見地？」

潤は小首を傾げながらも期待に目を輝かせ、続きを求めるように見上げてくる。射し込む西日を映す瞳は普段よりも明るく、琥珀というより黄金に近く見えた。飴色の髪も光に透けて、まるで豪華なブロンドのようだ。

「ガーディアン・アイランドでリアムを殺さず生かしておいたことによって、今回役に立った。奴は恐竜化すると飛べない半端な翼竜だが、人型なら比類ない飛行能力を誇る。今後、お前が戦闘に巻き込まれた場合にリアムがいれば危険回避しやすい。これは事実だ」

「う、うん」

「お前に好意を寄せる汪束蛟を俺が見逃し、クリスチャンが奴の延命を成功させれば、お前が水際で危険な目に遭ったり他の水竜人に狙われた場合に役に立つかもしれねぇ。俺がどうにかしたくても、体の構造上どうしたって水中戦は厳しい。お前の体に流れる奴の血は鬱陶しいが、それがあれば、お前が水難に遭った場合の生存率が飛躍的に上がる。これも事実だ」

「確かに、そうかも」

ごくりと喉を鳴らした潤を見つめた可畏は、金色の光と濃い影に彩られた顔に手を伸ばす。

こめかみに指先を当てながら、自分にとって何が一番大切かを改めて考えた。

十五の時にアジア制覇を果たした時は、邪魔な有力竜人を片っ端から殺して回ったが、今の自分には絶対に守りたいものがある。怒りに任せて殺すよりも、先々のことを考えて生かしておいた方がいい敵もいるのだ。

「お前に好意を持つ奴は、時として味方にもなり得る」

「可畏……」

「——だから許してやる」

そう告げた瞬間、潤が胸に飛び込んでくる。

揺れた髪から爽《さわ》やかな香りがして、肌からは美味なベジタリアンの匂いがした。

抱き締めているだけで幸せな心地になるこの存在を、失うことなど考えられない。

こうして無事に生きていたというだけで、何も要らなくなる。復讐心も抑えられる。

「……あ、可畏……」

新しいベッドに押し倒すと、潤は半泣きの顔で笑った。

髪を散らしながら艶っぽい目で見上げてくるくせに、肩を拳で押してくる。

昨日、猫パンチといっていた手つきによく似ているが、今はそれなりに力が入っていた。

こんなふうにやんわり抵抗されるとますます抱きたくなってきて、可畏は潤の両手を摑んでカバーの上に縫い止める。透かさず膝の間に体を滑り込ませ、兆《きざ》す寸前の股間を制服のパンツ越しに押しつけた。

「だ、駄目だって……この部屋寒いし、これから森脇のお見舞いに行くんだからなっ。一緒に行くって約束しただろ？」

「ああ、約束通り行ってやる。多少は愛想よくしてやってもいい」

「ただしその前に充電させろ。あれだけ寝ても寝足りねえ」

「どっちの『寝る』だよ」

「正確には抱き足りねえ」

「可畏……」

「ん、ぅ……ッ」

唇を強引に塞ぐと、潤の体がびくりと震える。

食べてしまいたいほど愛しい唇を食《は》んだ可畏は、甘露の唾液を味わった。

人魚化できる血を手に入れても、陸上にいる潤の体は何も変わっていない。

白い肌には鱗などなく、体は温かく、血の匂いに生臭さはなかった。

——俺の物だ。これ以上誰にも触れさせない。

掠《かす》れた嬌声を漏らす唇を塞いだまま、可畏は潤のシャツに指を這わせる。

ネクタイはそのままに、途中のボタンを三つ外して左胸を露わにさせた。

手を忍ばせて乳首を摘まむと、重ねていた股間が大きく反応するのがわかる。

自分の物だけではなく、潤の物も同様に硬くなった。

「ん、ぁ……可畏……っ」

潤は首を伸ばしつつ逃げたが、可畏の目には喉笛を晒して誘っているようにしか見えない。

艶めかしい首筋を見つめると、頸動脈《けいどうみゃく》を流れる血の音と匂いが感じられた。

「潤……ッ」

「あ、あぁ……！」

我慢ならずに食らいついた可畏は、歯を立てずに肌を吸う。

粘膜を通じて吸血することもできるが、痛みを与えたくなくてこらえた。

ただ肌だけをちうちうと吸い、人間でもつけられるレベルのキスマークを一つ残す。

そうして肌を吸っている間も、潤の股間には血が集まっていった。

捕らえていた両手はもう解いていたが、逃げるどころか髪に指を埋めてきて、引き寄せる仕草を見せる。

「可畏……最後までは、駄目だからな。お見舞い、行かないと……ぁ」

潤はびくびくと膝を揺らすと、脚の間により深く可畏の体を迎え入れた。

それに応じて身を沈めた可畏は、シャツから覗く薄桃色の乳首にむしゃぶりつく。

「ふ、あ……ッ」

ぷっくりと膨らんで艶めくそれは、可畏の手でここまで淫らに開発した物だ。

愛されたがって主張して、右も左も、舐めて吸ってと求めてくる。

唇で挟み込みながら舌先を尖らせ、時に歯列を当てて刺激すると、潤の四肢からくったりと力が抜けた。男らしく力強い猛《たけ》りを見せるのは、下着の中の性器のみになる。

「可畏、も……脱がして……っ、制服、汚せない……から……」

求めに従い、可畏は利き手を潤のベルトに向けた。

乳首に吸いついたまま外して、パンツも下着も下ろさせる。

その勢いでぷるりと弾けた物が揺れ、白い腹部に滴を散らした。

「あ、や……汚れ、る……っ」

「潤……」

「あ、ぁ！」

先走りから漂う匂いに食欲と性欲を刺激された可畏は、名残惜しく乳首を解放する。

一瞬たりとも我慢できず、反り返って震え続けるペニスをしゃぶった。

先端の膨らみを喉の奥まで迎え入れ、絶えず舌を動かして吸い上げる。

ぼんやりしていると本能に流され、本気で歯を立てて食べてしまいそうなほど美味な肉棒を、存分に味わった。

「可畏……そ、そんな、強く吸ったら……っ」

潤は腰をうねらせては浮かせ、可畏の髪を両手で乱す。シャツから覗く乳首はさらに艶めき、半分開いた唇は濡れていた。薄ら寒い室内に零れる吐息が、瞬く間に白くなる。

「ぁ……一緒に、達きたい、から……口に……っ」

潤は要求するなり唇を舐め、より大きく口を開いた。

応じない理由はなく、可畏は張り詰めた自分の股間に手を伸ばす。

潤の物に劣らぬ勢いで下着から飛びだす分身を、潤の口へと持っていった。

「む、ぐ……ふ……！」

「――ッ、ゥ……」

ベッドの上に完全に乗り上げて体を横向け、互いの性器に吸いつく。

いつかまたこうして、このベッドで睦み合う日が来ることを想像しながら、可畏は潤の尻を両手で摑む。

引き締まった二つの膨らみを割り、全体を丸く撫でた。

中心を弄って深々と貫きたいのをこらえ、今は触れるだけにしておくが、明日も明後日も、この体は自分だけの物だ。

「く、ふぅ……ん！」

心地好い肉感に手指が悦び、じゅぷじゅぷと吸われる物が一層硬くなる。

絶頂に上る瞬間、意識がぴたりと重なるのを感じた。

無理に合わせなくてもわかる。快楽のリズムが一致して、同じ速度で上り詰める。

濃厚な精液を互いの口に注ぎながら、可畏は静かに目を閉じた。

養分として自分の血肉になっていく蜜を味わい、酔いしれる。

このまま時を止め、切り取った空間の中で過ごしたかった。

「あ……ぅ、やだな、俺の体……」

ごくりと喉を鳴らして精液を飲み干した潤は、唇を拭いつつ皮肉な笑みを浮かべる。

どうにか起き上がるものの、腰つきが妙に悩ましく見えた。

「何が嫌なんだ？」

「ちゃんと達ってスッキリしたはずなのに、後ろ……ウズウズしてる」

「最高じゃねえか」

可畏はククッと笑い、頬を赤らめた潤とキスをする。

白濁の味を交換するような、淫らで青いキスになった。

「……ん、ふ……ぅ」

「――ッ」

潤を失う恐怖は命にさえ係わり、自分にとって大いなる弱点だ。

潤も潤の母親の渉子も、軟弱な人間にもかかわらずとても恐ろしい。

彼らに嫌われ背を向けられることを想像しただけで、血の気が引いてしまう。

擬態した蛟を引っ叩《ばた》いた潤を見て、我が身に置き換え震え上がったことは、当分秘密にしておこう――と、潤の舌を味わいながら密かに思う可畏だった。

あとがき

こんにちは、犬飼《いぬかい》ののです。

本書を御手に取っていただきありがとうございました。

これまで応援してくださった読者様のおかげで、大好きな恐竜ＢＬを再び書かせていただくことができました。


今回も主役は可畏《かい》と潤《じゅん》のまま変わりませんが、一作目は陸の覇者・暴君竜で、二作目は空の覇者・翼竜王と続きましたので、三作目の本書では海の覇者・水竜王を登場させました。

陸上では行動が制限されるものの、多才な能力を持つ蛟《みずち》を書くのはとても楽しかったです。

特にシリーズ最長となったバトルシーンを書くのが楽しくて楽しくて、その間ずっと血沸き肉躍る感覚でした。存分に書かせていただき幸せです。


今回も笠井《かさい》あゆみ先生のイラストが本当に素晴らしくて、人魚姫のように美しい潤と、迫力あるスピノサウルスに感激するあまり、息をするのを忘れてアプアプしました。

夏発売の本なのに季節外れの話になってしまったな……と、少し気になっていたところに、この涼やかなカバーは嬉し過ぎます。笠井あゆみ先生、本当にありがとうございました。

お知らせ。二〇一六年一一月二二日発売予定の『小説Chara vol.35』で、スピノサウルス竜人・汪束蛟《おうつか》がメインの番外編を掲載していただく予定です。本書の続編的な内容で、可畏や潤も登場します。そちらも是非よろしくお願い致します。

最後になりましたが、本書を御手に取ってくださった読者様と、指導してくださった担当様、関係者の皆様に心より御礼申し上げます。どうかまたお付き合いください。

犬飼のの

この本を読んでのご意見、ご感想を編集部までお寄せください。

《あて先》〒141-8202 東京都品川区上大崎3-1-1 徳間書店 キャラ編集部気付
「水竜王を飼いならせ」係

【読者アンケートフォーム】

QRコードより作品の感想・アンケートをお送り頂けます。

Chara公式サイト http://www.chara-info.net/

Chara

水竜王を飼いならせ……………………【キャラ文庫】

■初出一覧
水竜王を飼いならせ……書き下ろし

2016年7月31日　初刷
2020年6月20日　2刷

著者　犬飼のの
発行者　松下俊也
発行所　株式会社徳間書店
〒141-8202　東京都品川区上大崎3-1-1
電話　049-293-5521（販売部）
　　　03-5403-4348（編集部）
振替　00140-0-44392

印刷・製本　株式会社廣済堂
カバー・口絵　近代美術株式会社
デザイン　おおの蛍（ムシカゴグラフィクス）

ISBN978-4-19-900844-3

犬飼ののの本

好評発売中

「翼竜王を飼いならせ」

暴君竜を飼いならせ2

イラスト✦笠井あゆみ

天空を優美に舞う、純白の翼のプテラノドン——。竜人専用の全寮制学院に、異色の転入生が現れた!! 生徒会長で肉食恐竜T・レックスの遺伝子を継ぐ竜嵜《りゅうざき》可《か》畏《い》の父が育てた、アメリカ出身のリアム——。T・レックスに並ぶ巨体に飛行能力を備えたキメラ恐竜だ。思わぬライバルに可畏は初対面から苛立ちを隠さない。しかも輝く金髪に王子然とした姿で「可畏と別れてください」と潤《じゅん》を脅してきて!?

投稿小説 大募集

『楽しい』『感動的な』『心に残る』『新しい』小説――
みなさんが本当に読みたいと思っているのは、
どんな物語ですか？
みずみずしい感覚の小説をお待ちしています！

応募のきまり

応募資格

商業誌に未発表のオリジナル作品であれば、制限はありません。他社でデビューしている方でもOKです。

枚数／書式

20字×20行で50～300枚程度。手書きは不可です。原稿は全て縦書きにしてください。また、800字前後の粗筋紹介をつけてください。

注意

❶原稿はクリップなどで右上を綴じ、各ページに通し番号を入れてください。また、次の事柄を1枚目に明記して下さい。
（作品タイトル、総枚数、投稿日、ペンネーム、本名、住所、電話番号、職業・学校名、年齢、投稿・受賞歴）

❷原稿は返却しませんので、必要な方はコピーをとってください。

❸締め切りは特別に定めません。採用の方にのみ、原稿到着から3ヶ月以内に編集部から連絡させていただきます。また、有望な方には編集部からの講評をお送りします。

❹選考についての電話でのお問い合わせは受け付けできませんので、ご遠慮ください。

❺ご記入いただいた個人情報は、当企画の目的以外での利用はいたしません。

あて先

〒105-8055　東京都港区芝大門2-2-1
徳間書店　Chara編集部　投稿小説係

投稿イラスト 大募集

キャラ文庫を読んでイメージが浮かんだシーンを、
イラストにしてお送り下さい。
キャラ文庫、『Chara』『Chara Selection』『小説Chara』などで
活躍してみませんか？

応募のきまり

応募資格

応募資格はいっさい問いません。マンガ家&イラストレーターとしてデビューしている方でもOKです。

枚数／内容

❶イラストの対象となる小説は『キャラ文庫』及び『Chara、Chara Selection、小説Charaにこれまで掲載された小説』に限ります。
❷カラーイラスト1点、モノクロイラスト3点の合計4点をお送りください。カラーは作品全体のイメージを、モノクロは背景やキャラクターの動きのわかるシーンを選ぶこと(裏にそのシーンのページ数を明記)。
❸用紙サイズはA4以内。使用画材は自由。データ原稿の際は、プリントアウトしたものをお送りください。

注意

❶カラーイラストの裏に、次の内容を明記してください。
(小説タイトル、投稿日、ペンネーム、本名、住所、電話番号、職業・学校名、年齢、投稿・受賞歴、返却の要・不要)
❷原稿返却希望の方は、切手を貼った返却用封筒を同封してください。封筒のない原稿は編集部で処分します。返却は応募から1ヶ月前後。
❸締め切りは特別に定めません。採用の方にのみ、編集部から連絡させていただきます。また、有望な方には編集部から講評をお送りします。選考結果の電話でのお問い合わせはご遠慮ください。
❹ご記入いただいた個人情報は、当企画の目的以外での利用はいたしません。

あて先

〒105-8055　東京都港区芝大門2-2-1
徳間書店　Chara編集部　投稿イラスト係